Das Schädliche

Erzählung (1894)

Marie Freifrau von Ebner-Eschenbach

Impressum

Autor: Marie Freifrau von Ebner-Eschenbach
Umschlagkonzept: toepferschumann, Berlin

Verlag: tredition GmbH, Hamburg
ISBN: 978-3-8424-0704-6
Printed in Germany

Tucholsky   Wagner   Zola   Scott
   Turgenev   Wallace   Fonatne Sydow   Freud   Schlegel

   Twain   Walther von der Vogelweide   Fouqué   Friedrich II. von Preußen
              Weber   Freiligrath   Frey
Fechner   Weiße Rose   von Fallersleben   Kant   Ernst
      Fichte   Richthofen   Frommel
           Engels   Fielding   Eichendorff   Tacitus   Dumas
   Fehrs   Faber   Flaubert
                                       Eliasberg   Ebner Eschenbach
Feuerbach   Maximilian I. von Habsburg   Fock   Eliot   Zweig
              Ewald   Vergil
        Goethe   Elisabeth von Österreich   London
Mendelssohn   Balzac   Shakespeare   Ganghofer
   Trackl   Lichtenberg   Rathenau   Dostojewski
      Stevenson   Doyle   Gjellerup
Mommsen   Tolstoi   Lenz   Droste-Hülshoff
   Thoma   Hanrieder
Dach   Verne   von Arnim   Hägele   Hauff   Humboldt
      Reuter   Hauptmann
Karrillon   Garschin   Rousseau   Hagen   Gautier
     Damaschke   Defoe   Hebbel   Baudelaire
                 Descartes   Hegel   Kussmaul   Herder
Wolfram von Eschenbach   Dickens   Schopenhauer
      Darwin   Melville   Grimm Jerome   Rilke   George
Bronner   Bebel   Proust
   Campe   Horváth   Aristoteles
Bismarck   Vigny   Barlach   Voltaire   Federer   Herodot
            Gengenbach   Heine
Storm   Casanova   Tersteegen   Gilm   Grillparzer   Georgy
      Chamberlain   Lessing   Langbein   Gryphius
Brentano
Strachwitz   Claudius   Schiller   Lafontaine
                                  Bellamy   Schilling   Kralik   Iffland   Sokrates
   Katharina II. von Rußland   Gerstäcker   Raabe   Gibbon   Tschechow
Löns   Hesse   Hoffmann   Gogol   Wilde   Gleim   Vulpius
   Luther   Heym   Hofmannsthal   Klee   Hölty   Morgenstern
      Roth   Heyse   Klopstock   Kleist   Goedicke
Luxemburg   Puschkin   Homer   Mörike
   Machiavelli   La Roche   Horaz   Musil
Navarra   Aurel   Musset   Kierkegaard   Kraft   Kraus
Nestroy   Marie de France   Lamprecht   Kind   Kirchhoff   Hugo   Moltke
        Nietzsche   Nansen   Laotse   Ipsen   Liebknecht
            Marx   Lassalle   Gorki   Ringelnatz
   von Ossietzky   May   Klett   Leibniz
                     vom Stein   Lawrence   Irving
   Petalozzi
      Platon   Pückler   Michelangelo   Knigge
   Sachs   Poe   Kock   Kafka
                              Liebermann
      de Sade   Praetorius   Mistral   Zetkin   Korolenko

Der Verlag tredition aus Hamburg veröffentlicht in der Reihe **TREDITION CLASSICS** Werke aus mehr als zwei Jahrtausenden. Diese waren zu einem Großteil vergriffen oder nur noch antiquarisch erhältlich.

Symbolfigur für **TREDITION CLASSICS** ist Johannes Gutenberg (1400 — 1468), der Erfinder des Buchdrucks mit Metalllettern und der Druckerpresse.

Mit der Buchreihe **TREDITION CLASSICS** verfolgt tredition das Ziel, tausende Klassiker der Weltliteratur verschiedener Sprachen wieder als gedruckte Bücher aufzulegen – und das weltweit!

Die Buchreihe dient zur Bewahrung der Literatur und Förderung der Kultur. Sie trägt so dazu bei, dass viele tausend Werke nicht in Vergessenheit geraten.

Marie von Ebner-Eschenbach

Das Schädliche

Erzählung (1894)

Lieber Freund!

Wir haben eine Zeitlang im öffentlichen Leben Seite an Seite ge-
kämpft. Du wirst mit den Waffen in der Hand sterben; ich habe
mich vom Schlachtfeld abgewandt. Es war Dir unlieb, aber Du lie-
ßest die Gründe, die mich dazu bestimmten, gelten und gabst mir
recht. Tue das noch einmal, gib mir noch einmal recht. In einer ganz
andern Sache.

Unlängst hörte ich eine berühmte Schauspielerin zu einem großen Arzte sagen: «Sie müssen auch manchmal Komödie spielen.» Er
antwortete: «Ja, aber wir spielen schlecht.» – Recht schlecht, nach
den Erfahrungen, die ich gemacht habe. Schon vor Wochen, als ich
nach Wien fuhr, um meinen Arzt zu konsultieren, las ich es ihm
vom Gesicht ab: Dir ist nicht zu helfen. Und neulich, da ich ihn
wieder aufsuchte und ein schmerzstillendes Mittel von ihm verlangte, verriet mir seine Bereitwilligkeit, mich in die Kunst, ein
Morphinist zu werden, einzuweihen, daß er die Gefahr einer zukünftigen Entwöhnungskur für ausgeschlossen hielt.

Finita la commedia. – Eine Komödie war's übrigens nicht.

Wir haben von meinen Verhältnissen nie gesprochen; Du weißt
von meinem Privatleben nicht mehr als alle Welt, das heißt: was
geschah; nicht, wie es geschah. Ich will Dir meine Geschichte erzählen, ich will eine Generalbeichte ablegen.

Deiner Gerechtigkeit sicher, sehne ich mich nach Deiner Lossprechung.

Ich bin im Jahre 1829 geboren auf unsrem Schlosse Niedernbach. Ich habe von meinem Vater eine eiserne Gesundheit und eine eiserne Willenskraft geerbt. Meiner Mutter verdanke ich den Abscheu vor allem Unreinen, der mich schon im Obergymnasium dem Spotte fünfzehnjähriger Jungen preisgab.

Sie lachten über mich und nannten mich einen heiligen Antonius; ich verachtete sie und nannte sie angefaultes Grünzeug.

Ich war nicht dumm, aber ich lernte schwer. Gott weiß, welche Mühe es mich gekostet hat, immer der Erste in der Klasse zu sein.

Während der acht ersten Studienjahre (mein Vater hatte mich für die staatsmännische Laufbahn bestimmt) wohnte ich in der Hauptstadt unserer Provinz bei einem Gymnasialprofessor.

Er war ein guter und gescheiter Mann, ließ sich aber ganz beherrschen von seiner hübschen, um viele Jahre jüngeren Frau. Albern und mißgünstig, machte sie ihm und auch mir das Leben schwer.

Die Weihnachts-, die Oster- und die Ferienzeit brachte ich in Niedernbach zu, wünschte die Stunde der Heimkehr jedesmal mit einer Sehnsucht herbei, die mir tagelang und nächtelang vorher den Appetit und den Schlaf raubte, und konnte doch nirgends so unglücklich sein wie zu Hause.

Meine Eltern führten eine traurige Ehe. Die Liebe hatte einmal wieder zwei Leute zusammengeführt, die nicht für einander paßten. Das Lebenselement meiner Mutter war der Friede. Sie strömte ihn förmlich aus. Sie hatte sich ihn errungen nach schweren Leiden, durch die Kraft einer wahrhaft erhabenen Entsagung. Mein Vater besaß eine Kämpfernatur; und während meine Mutter früh alterte, blieb er jugendlich in seiner schönen Erscheinung, seinen Leidenschaften und Neigungen bis an sein Ende. Er starb lange vor dem Eintritt ins Greisenalter. Die Krankheit, die ihn in wenigen Tagen hinwegraffte, trat plötzlich und mit furchtbarer Heftigkeit auf. Sterbend rang er noch wie ein Held mit dem Tode und begriff erst wenige Augenblicke vor dem letzten, daß auch er seinen Meister gefunden hatte.

Da richteten seine Augen sich auf meine Mutter. Wir alle, die sein Bett umstanden, schauderten. In diesem Blick lag ein Ausdruck von unaussprechlicher Reue und Todesangst, ein verzweiflungsvolles Flehen, wie das eines Verdammten zum Urquell des Heils.

Meine Mutter beugte sich über ihn und küßte seinen qualverzerrten Mund und schloß seine armen Augen mit ihren Lippen.

Der Eindruck, den ich in dieser Stunde empfing, hat sich nie verwischt. Ich werde nicht sterben wie mein Vater, ich werde ruhig hinübergehen, trotz des furchtbaren Ereignisses in meinem Leben und obschon ich eigentlich ein Mörder bin.

Ich war sechsundzwanzig Jahre alt, als mein Vater starb, und hatte mir eben auf der Universität Wien den Doktorhut errungen. Mühsam, mit Anspannung aller meiner Kräfte.

Zunächst verstand es sich von selbst, daß ich das Trauerjahr bei meiner Mutter in Niedernbach zuzubringen habe, und nachdem es verflossen war, dachte ich nicht mehr daran, unsern gemeinsamen Aufenthaltsort zu verlassen.

Die Tätigkeit des Landwirts, die paßte mir. Freilich hieß es beim Abc anfangen, und das geschah unter der Leitung meines alten Verwalters, eines ungelernten, aber tüchtigen Ökonomen. Niedernbach war für ihn die Welt, und zwar die denkbar beste, und das Interesse des Herrn dieser Welt das höchste Interesse überhaupt.

Die glücklichste Zeit meines Lebens begann. Bis jetzt war Lernen für mich eine Plage; jetzt erfuhr ich, daß es ein Genuß sein kann. Ich habe ihn mir gegönnt und wurde mit der Zeit ein Landwirt, zu dem die Leute in die Schule gehen konnten und auch fleißig gegangen sind.

So günstige Verhältnisse wie die, die damals in Niedernbach herrschten, treffen sich freilich selten.

Eine aus arbeitsamen und in der Mehrzahl braven und friedfertigen Leuten bestehende Bevölkerung. Der Pfarrer ein Mann nach dem Geiste des Evangeliums; der Lehrer, zu seinem Amte innerlichst berufen, betrachtete die Kinder nicht nur als Schüler, sondern als Zöglinge. Zum Bürgermeister wurde ich gewählt, und ich hatte weder mir noch den Gemeinderäten das Amt bequem gemacht.

Aber Ordnung hielten wir: die ehrlichen Leute waren obenauf, und die Lumpen mußten kuschen.

Das alles ist heute anders geworden. Abgesehen von meiner amtlichen Tätigkeit, führte ich tagsüber dasselbe Leben wie mein Verwalter. Wenn es dunkel wurde, legte er sich zu Bette, ließ drei lange Pfeifen, drei Glas Bier, den Unterbeamten und den Oberknecht kommen und nahm den Rapport ab. Ich wechselte die Kleider und ging meine Mutter begrüßen.

Nach dem Abendessen, das wir im Bibliothekszimmer einnahmen, begaben wir uns in die Gesellschaft irgendeines großen Menschen. Um seinen gebannten Geist zu beschwören, brauchte man nur eines seiner Werke aufzuschlagen. Sogleich offenbarte er sich, ließ uns in sein Herz blicken, enthüllte uns seine tiefsten Gedanken.

Schöne, allzu rasch entschwundene Abende, die wir so zubrachten, zu dreien. Die Tage wieder kürzte mir viel zu knapp die gewaltige Zeitvertreiberin Arbeit. Und wenn einem die Tage zu schnell vergehen, wie erst die Jahre!

Ihrer fünf des ungetrübten Glückes rannen dahin; dann begann meine Mutter zu kränkeln. «Der Anfang vom Ende, das aber noch länger auf sich warten lassen kann, als der Leidenden zu wünschen ist», sagten die Ärzte. Ich verfluchte ihre Weisheit, und in Zeiten, in denen das Übel stillstand, hoffte ich immer wieder gegen alle Wahrscheinlichkeit und alle Vernunft auf Heilung.

Während einer solchen Ruhepause meiner Sorgen legte ich den Grund zum Unglück meines Lebens. Ich verliebte und verlobte mich.

In unserer Nachbarschaft hatte sich ein Herr von C., ein ehemaliger Großindustrieller, mit seiner Familie angesiedelt. Er war ein Mann von Geist, Talent und strengster Redlichkeit. Ein geborener Österreicher, der aber viele Jahre in England zugebracht, dort ein ansehnliches Vermögen erworben und eine Familie gegründet hatte. Mit seiner stattlichen, einem alten schottischen Adelsgeschlecht entstammten Frau führte er die beste Ehe. Er war stolz auf seine Lady, und sie liebte ihren munteren, immer gut gelaunten «Sir James» noch viel heißer, als sie selbst passend fand für ihre zweiundvierzig Jahre. Sie hatten drei Töchter, drei Schönheiten. Die älteste und die jüngste waren blond wie die Mutter, die mittlere sah dem Vater ähnlich. Was man so ähnlich sehen nennt. Auch sie hatte braune Haare und einen olivenfarbigen Teint und große tiefblaue Augen. – Aber ihn könnte ich deutlich beschreiben; sie zu beschreiben wäre sogar einem Dichter unmöglich gewesen. Sie war das verkörperte Geheimnis, ein wunderbares, lockendes Rätsel. Ich habe nie wieder Augen gesehen, die so inbrünstig beschwören, so demütig flehen und so schrecklich drohen konnten, nie eine Stimme gehört von so bestrickendem Wohllaut, solchem Reichtum an Tönen für jeden Ausdruck der Zärtlichkeit und so herbem Klang für den Haß.

Das heißt – doch! *Einmal* lebte das alles wieder vor mir auf mit grauenhafter Treue.

Ich habe Edith geliebt, vom ersten Augenblick an. Ihre Schönheit blendete, ihre Anmut bezauberte mich. Sie war die schönste unter den Schwestern, die begabteste und doch – das zurückgesetzte Kind. In jeder Kleinigkeit, in jedem Blick, den ihre Eltern auf sie richteten, in dem Ton, in dem sie zu ihr sprachen, verriet sich's: an der hatten sie keine Freude.

Und sie schien ein trotziges Gefallen an dem Unterschiede zu finden, der zwischen ihr und ihren Schwestern gemacht wurde. Sie klagte nie darüber, versäumte aber auch nie eine Gelegenheit, ihr Aschenbrödeltum recht ins Licht zu setzen. Das vor allem hätte mich warnen sollen, aber – ich war ja verliebt, mehr als verliebt; ich dreißigjähriger Mann *liebte* zum ersten Male und so blind und heiß wie ein Jüngling. Selbstverständlich wurde meine Mutter meine Vertraute. Sie hatte einen harten Kampf mit sich selbst zu bestehen gehabt, bevor sie sich entschloß, Edith zu sehen.

«Die Tochter eines Großindustriellen und viel zu reich für dich», sagte sie. «Gibt's denn kein armes, schönes Prinzeßchen auf irgendeinem verwunschenen Schlosse mehr?»

Ihre Standesvorurteile und ihr Stolz schwiegen erst, als sie den Ernst und die Tiefe meiner Leidenschaft erkannt hatte.

Frau von C. hielt gute Nachbarschaft. Sie besuchte meine Mutter, die damals schon den Umkreis des Hauses nicht mehr überschritt, sehr oft und war immer willkommen. Von ihren Töchtern hatte sie sich trotz wiederholter Aufforderung noch nie begleiten lassen, und das wurde sehr recht und sehr feinfühlig gefunden von meiner Mutter. Ich mußte lange warten und lange bitten, bis endlich eine so dringende Einladung von ihr an alle Damen C. erging, daß sie nicht mehr ignoriert werden konnte.

Den Brief, der sie enthielt, überbrachte ich selbst. Am 12. Juli 1853 war's. Das Datum bleibt mir unvergeßlich.

Die Familie, regelmäßig bis zur Pedanterie in ihrer Lebensweise, brachte zur Sommerszeit die Vormittage im Maleratelier zu, das sich C. in einem Saale des Halbstocks eingerichtet hatte. Ein schöner, mit großem Luxus dekorierter Raum.

Seiner Begabung nach war C. ein Kaufmann im großen Stil, seiner Neigung nach ein Kleinmaler von peinlichem Bienenfleiß und, wie er offenherzig eingestand, voll Ehrgeiz. Die Bilder, die er auf die Ausstellung schickte, wurden fast immer angenommen und sogar verkauft. Darüber konnte er sich freuen wie ein Kind, und die paar hundert Mark, mit denen er für monatelange Arbeit bezahlt wurde und die er sogleich verschenkte, machten ihn glücklich. Seine Töchter malten auch. Die blonden – habe ich schon gesagt, daß sie Maud und Ethel hießen? – mit vielem Eifer und wenig Talent, Edith mit großem Talent und ohne Eifer. Sie brachte es nie über einen mehr oder minder flüchtigen Entwurf hinaus. Aber ein solcher Entwurf, an den sie eine Stunde gewendet hatte, war mehr wert als die besten Bilder ihres Vaters zusammengenommen. Nicht etwa nach meiner parteiischen Meinung, sondern nach der der Künstler, die Herr von C. als gefeierte Gäste in sein Haus zog. Er selbst und seine Frau waren in dem Punkt mit Blindheit geschlagen.

«Sehen Sie doch unsre Maud, unsre Ethel, dieser Ernst! Sie haben das Genie des Fleißes. Edith spielt nur.» – Es hieß überhaupt nur: *Unsre* Maud, *unsre* kleine Ethel und – Edith kurzweg. Das besitzanzeigende Fürwort blieb weg, wenn sie von ihr sprachen. Ich aber dachte im stillen: je weniger die Eure, um so mehr die Meine.

An jenem Vormittag, an dem ich als Bote meiner Mutter zu den Nachbarn hinüber ritt, fand ich Edith allein im Atelier. Ihre Eltern und ihre Schwestern waren in das «Kostümzimmer» gegangen, dem Auspacken einer längst sehnlich erwarteten Sendung alter Trachten vorzustehen. Edith machte sich ein wenig lustig über die «Anregungen» zu neuen Kunstwerken, die aus diesem Moder steigen würden, und ich segnete im stillen seine Ankunft, der ich das erste Alleinsein mit der Vielgeliebten verdankte.

Sie saß am großen Atelierfenster im vollen Tageslicht und war schön.

Ihr Anzug, ein hellgraues Kleid aus leichtem, weichem Stoff, mit einem einfachen Gürtel um den Leib, erinnerte an die Tunika der römischen Frauen. Sie hatte ihren rechten Fuß auf einen Schemel gestützt. Auf ihrem erhobenen Knie lag ein Zeichenbuch, in dem sie herumkritzelte in gewohnter nachlässiger Art. Bei meinem Eintreten war sie flammend rot geworden, hatte sich aber in ihrer Beschäftigung nicht unterbrechen lassen.

11

«Darf man fragen, was da gezeichnet wird?» sagte ich.

Edith überlegte eine kleine Weile und – reichte mir das Buch.

Ich mußte laut lachen. Sie hatte eine Karikatur von mir gemacht, eine geniale. Zum Aufschreien ähnlich meine große Nase, mein großer Mund, mein dicker Schnurrbart. Bei längerem Betrachten dieses durchaus nicht geschmeichelten Ebenbildes fiel mir aber der widerwärtige Ausdruck auf, den sie mir gegeben hatte, und ich fragte: –«Komm ich Ihnen wirklich so boshaft vor, wie Sie mich da verewigt haben?»

Sie antwortete ausweichend: «Daß Sie sehr bös werden könnten, das, ja, das glaub ich.»

«Also doch nicht boshaft, nur bös, und bin's noch nicht, sollt's erst werden.»

«Es bleibt nicht aus; alle Menschen sind bös, wenigstens gegen mich», sagte sie in dem unbefangenen und kühlen Ton, in dem man eine im Grund gleichgültige Tatsache bestätigt.

Ich fand das kindisch, und sie fragte:

«Warum denn kindisch? Wenn ich Ihnen sage, es ist nie jemand durch lange Zeit gut gegen mich gewesen, können Sie mir das Gegenteil beweisen?»

«Gewiß nicht; mir ist auch das Unbegreifliche wahr, sobald Sie es behaupten», erwiderte ich.

Und sie – ja, so ausführlich, wie ich da angefangen habe, kann ich nicht fortfahren. Wenn ich mich noch so sehr bemühen würde, mir jede Einzelheit unseres Gesprächs zurückzurufen, es wäre vergeblich. Tot, tot. Auch Erinnerungen sterben, gottlob!

Nur einige Worte der – am Ende meines Lebens stehend, sage ich: – *armen* Edith und die Art, in der sie geäußert wurden, und die mich bezauberte, sind mir unvergeßlich geblieben.

Sie war nie geliebt worden, sie stand allein mitten unter den Ihren, und es konnte nicht anders sein: ihr «unglücklicher Charakter» verschloß ihr die Herzen auch der «besten und liebreichsten Menschen». Ich natürlich wünschte zu wissen, wie der «unglückliche Charakter» sich betätige. Da erhob sie den Kopf und richtete ihre

Augen auf mich. Um ihren rosigen Kindermund spielte ein um Verzeihung bittendes Lächeln.

«Nun», sagte sie, «durch Verleumdung zum Beispiel, durch eine mit dem Bleistift verübte Verleumdung.»

Ich hatte Mühe, nicht aufzuspringen, nicht ihre Hände zu fassen, nicht zu sprechen: «Böses Kind, werden Sie meine liebe Frau. Ich nehm's auf mit ihrem unglücklichen Charakter.»

Aber ich beherrschte mich, setzte das Verhör fort und kam zur Überzeugung, daß ich ein Opfer der Familie vor mir habe, eines der vielen jungen Wesen, deren Seelenregister, nach einem andern Grundton gestimmt als der ihrer Umgebung, die Dissonanz verursachen im Kreis der Angehörigen.

Eine Frage stellte ich noch, es sollte die letzte sein: «Sie sind also nicht geliebt *worden*; *haben* Sie auch nie geliebt?»

Ohne Zögern, mit immer gleicher Einfachheit, antwortete sie: Doch, sie hätte sich's wenigstens eingebildet. Sie war damals siebzehn Jahre alt, er vierundzwanzig. Sie wußte heute noch nicht, was ihr mehr gefallen hatte an ihm, das Gute oder das Böse: sein Leichtsinn, seine Verschwendungssucht, sein tollkühnes Spielen mit der Gefahr. Sie hatten einander nur in Gesellschaft getroffen und dennoch – wie leicht verständigen sich zwei junge Narren! – Schwüre ewiger Liebe getauscht. Er nannte sie Julia, und sie nannte ihn Romeo – ihre Eltern nannten ihn einen Abenteurer. Mit ihrer Einwilligung hätte sie seine Frau nicht werden können, so forderte er ihr das Versprechen ab, mit ihm zu entfliehen. Sie gab es; sie gab ihm auch den einzigen Schmuckgegenstand, den sie besaß, einen kleinen Ring, einen schmalen Reifen mit einem Rubin.

Kurz vor dem zur Entführung bestimmten Tage beging Romeo eine Unbesonnenheit, das heißt etwas, das dafür gelten sollte. Er schrieb einen Brief an Julia, den sie nie gelesen hat, der in die Hände der Mutter kam. Selbstverständlich bei den klösterlichen Einrichtungen im C.schen Hause.

Edith wurde durch einige Zeit mit besonderer Kälte behandelt und erfuhr erst nach langem Ringen und Bangen in den Qualen der Ungewißheit, daß ihre Eltern den unvorsichtigen Briefschreiber zu einer Besprechung eingeladen und ihn bewogen hatten, vom

Schauplatz zurückzutreten, sehr weit, bis nach Kanada. Der Ring war dageblieben und ein kostbares Ding geworden. Nur um hohen Preis hatte der Liebende sich von ihm getrennt. Die Summe, die Romeo dafür forderte, betrug ungefähr soviel wie seine Schulden.

Eine klägliche Liebesgeschichte, die einen entsetzlichen Eindruck auf ein siebzehnjähriges Herz gemacht haben mußte.

So schwer hat das Leben schon an dir gesündigt, du armes Kind. Das Herz wollte mir übergehen, das entscheidende Wort drängte sich auf meine Lippen.

Edith machte eine flehend abwehrende Gebärde, faltete die Hände auf ihrem Schoß und lehnte den Kopf zurück. Ein seltsamer Blick aus ihren halb geschlossenen Augen, hilflos, trostlos, streifte mich.

Im Nebenzimmer wurden Schritte und Stimmen laut.

«Die Eltern kommen. Wollen Sie ihnen eine große Freude machen?» sprach Edith, «werben Sie um Maud.»

Ich machte ihnen diese Freude nicht, ich übergab Frau von C. den Brief meiner Mutter, und die Antwort darauf lautete: «Ich werde die Ehre haben, morgen, mittags um zwölf Uhr, der Frau Gräfin meine Töchter vorzustellen.»

Am nächsten Morgen ging ich wie gewöhnlich an mein Tagewerk. Ich hatte auf einem ziemlich entlegenen Hofe zu tun. Anfangs war ich ruhig und voll Zuversicht. Als die Stunde herankam, in der Edith die Schwelle meines Hauses überschreiten und zum ersten Mal vor meine Mutter treten sollte, wurde ich von einer unbeschreiblichen Unruhe erfaßt. Es klopfte und hämmerte in allen meinen Adern, ich sprach und wußte nicht, was, und gab einen verkehrten Befehl nach dem andern. Die Leute sahen mich ängstlich und verwundert an. Ich hielt's nicht mehr aus, ich ließ mein Pferd vorführen und jagte heim.

Eine furchtbare Hitze herrschte an dem Tag, die Sonne brannte herunter, als ob sie alles in Flammen setzen wollte.

Schweißbedeckt, wie ich war, gestiefelt und gespornt trat ich ins Zimmer meiner Mutter. Sie lag auf ihrem Ruhebett, leichenblaß und erschöpft, ein Bild des Leidens. So hatte ich sie nie gesehen, so mußte ich sie überraschen. Vor mir überwand sie sich; ihr edles, geliebtes Gesicht zeigte sich mir nie anders als beseelt vom Ausdruck sanfter Heiterkeit. In diesem Augenblick aber waren ihre Schmerzen stärker gewesen als sie.

Als sie mich erblickte, machte sie einen verunglückten Versuch, sich aufzurichten, fiel in ihre Kissen zurück und streckte mir stumm die Hand entgegen.

«Der Besuch hat dich ermüdet», sagte ich. «Sind sie zu lange geblieben?»

«Ganz kurz.»

«Nun, Mutter, wie findest du Fräulein Edith?»

Sie sah mich bestürzt an, als hätte sie ein böses Gewissen.

«Mutter, wie findest du sie?»

«Unheimlich. Lieber Franz, nur *die* nicht!»

Das war der erste Eindruck.

Meine Mutter wäre aber nicht die hochherzige und gerechte Frau gewesen, die sie war, wenn sie sich seiner Macht unterworfen hätte. Sie hat ehrlich getrachtet, ihrer Herr zu werden, und oft wiederholt, daß es ihr unmöglich wäre, den Grund des Widerstrebens zu nennen, das ihr Edith bei der ersten Begegnung eingeflößt hatte. Später scherzte sie selbst darüber: «Wer weiß, vielleicht war's Eifersucht auf meinen Einzigen, vielleicht auch regte sich beim Anblick seiner Erkorenen die berüchtigte Schwiegermutter in mir.»

Edith verstand allmählich ihre ganze Liebe zu gewinnen. Um so sicherer, als sie sich weniger darum bewarb, immer den letzten Platz einnahm, immer zurücktrat hinter ihren Schwestern. Sie tat das unauffällig, scheinbar absichtslos, als ob es das Natürliche wäre und nicht anders sein könnte. Ich hatte noch kein Liebeswort mit ihr getauscht, sie nicht wieder allein gesprochen seit unserem Zusammentreffen im Atelier und war doch im stillen ihrer Zuneigung gewiß.

Nicht ängstlich, selig war mir zumute, als ich eines schönen Tages um sie werben ging bei ihren Eltern. Ich wurde ins Schreibzimmer C.s geführt und fand dort das Ehepaar. Sie hielt eine Arbeit, er ein

Buch in der Hand, aus dem er ihr vorlas. Vorlesen war auch eine seiner Liebhabereien, und eine der ihren war Zuhören.

Die beiden Leute boten ein friedliches Bild, und ich meinte einen Blick in die Zukunft zu tun und dachte mir: Ein Menschenalter, und wir sitzen ebenso stillvergnügt und glücklich beieinander, Edith und ich.

Bevor ich ein Wort sagte, wußten sie natürlich schon, was mich zu ihnen führte.

Frau von C. senkte den Kopf. Ihr Profil war mir zugewandt; ich sah, daß ihr feiner Nasenflügel bebte und daß sich über ihre Wange ein heller Streifen zog. C. hielt sich gerade wie gewöhnlich und hatte die Arme auf die Seitenlehnen seines Sessels gestützt. Die Finger seiner herabhängenden Hände, die sich aus seinem schneeweißen Anzug braun wie die eines Inders herausstreckten, zuckten; auf seinem treuherzigen, glattrasierten Gesicht dunkelte ein Schatten von Verlegenheit.

Als ich ausgeredet hatte, was bald der Fall war, trat tiefes, unangenehmes Schweigen ein.

Dann sagte C.: «Sie sind uns ein sehr willkommener Schwiegersohn.»

«Sehr willkommen», bestätigte seine Frau, und ihre noch schlanke und imposante Gestalt emporrichtend, setzte sie hinzu: «Was Edith betrifft, ihres Jawortes können Sie gewiß sein.» Das bestätigte wieder er, und das ging so fort. Sie sprachen abwechselnd, und was sie sagten, entsprang einer und derselben Überzeugung. Sie hatten zusammen nur eine Seele, einen Verstand, ein Urteil. Solche Eltern sind schlechte Erzieher; statt der vier Augen, die sie brauchen, haben sie nur zwei.

Als die Ehrenmenschen, die sie waren, teilten sie mir das große Ereignis im Leben Ediths, die geplante Flucht, mit, und daß sie sich darüber nie würden trösten können. Sie legten das beschämendste Geständnis ab, das Eltern tun können: «Wir haben nicht gewußt, das Vertrauen dieser Tochter zu gewinnen.» (Traurig für euch, dachte ich, mir ward es geschenkt.) «Sie ist eben anders als ihre Schwestern, die durch einen Wink zu leiten waren. Bei ihr hieß es biegen oder brechen. Das Kind verschlossen oder eigenwillig, wir streng bis zur Härte ihr gegenüber, weil wir das als unsere Pflicht ansahen. So hat sich allmählich eine Eiswand zwischen um aufgerichtet. Edith liebt uns nicht, aber wir glauben, nein, wir sind überzeugt und danken Gott dafür, sie liebt Sie, ihr selbst unbewußt verrät sie's, und einmal ist es uns gegönnt, ihr ins Herz zu blicken. Das erste Wunder, das die Liebe an ihr tut. Wer weiß, vielleicht nicht das letzte, vielleicht gewinnen wir an Edith eine Tochter, indem wir sie Ihnen zur Frau geben.»

Sie wurde gerufen. Ein Blick auf ihre Eltern, auf mich, und sie blieb neben der Tür stehen, sie suchte mit beiden Händen eine Stütze an der Wand.

Ich war mir während der Unterredung mit Herrn und Frau von C. wie eingefroren vorgekommen. Als ich Edith so bewegt dastehen sah, übermannte mich mein Gefühl. Ich ging auf sie zu, ich wollte reden, ich konnte nicht; ich öffnete die Arme, und sie stürzte hinein.

Sie sprach zuerst: «Ist's wahr? ist's möglich, mich? nicht Maud, nicht Ethel – mich!»

Nun kamen Tage, deren ich mit Stolz und Wonne gedächte, wenn sie den Eingang bilden würden zu einem schönen Leben. Jetzt aber eile ich über die Erinnerung an das Glück hinweg, das wie ein Giftpilz rasch emporschoß und rasch verdorrte.

Ediths Eltern und meine Mutter sagten: «Ihr kennt euch kaum», und sie drangen darauf, daß unser Brautstand lange dauere. Mir konnte die Zeit des Hangens und Bangens nicht rasch genug verfliegen, ich wollte sie kurz haben und setzte meinen Willen durch. Wir heirateten, wir reisten, kehrten heim. Ein Kind, ein Mädchen, kam zur Welt und erhielt in der Taufe den Namen meiner Mutter, Eleonore.

An dem Verhältnis zwischen Edith und mir hatte ein Jahr der Ehe nichts verändert. Wonach Edith sich gesehnt, seitdem sie dachte: grenzenlose Liebe, einen Menschen, dessen Abgott sie war, der sie töricht verzog, sie besaß es nun. Mit aller Kraft ihres mächtigen Wesens hielt sie ihr Eigentum fest, wachte mit eifersüchtigem Geiz über jede Regung meines Herzens. Das Gesetz der Gesetze lautete bei ihr: Du sollst mich, deine Frau, lieben, mich allein. Freilich gab auch sie sich ganz, und sie war ein reiches Geschöpf. Ich bin nie wieder einem Weibe von so viel Geist und Verstand, von so unerschöpflicher Einbildungskraft begegnet. Dazu ihr großes Talent, das hingereicht hätte, zwanzig «ewig Strebenden» einen Lebensinhalt zu schaffen, und mit dem sie spielte, das sie verwüstete. Bat ich einmal: «Führe diese Skizze aus, sie gäbe ein hübsches Bild», da hieß es: «Willst du mich los sein? Soll ich tagelang an die Staffelei angenagelt bleiben?» Und wenn ich meinte: «Schade um dein Talent», war ihre Antwort: «Ich will kein Talent haben und ausbilden als das, dich anzubeten.»

Aus der Mappe verschwand die Skizze, die ich gelobt hatte, und ich fand an einem der nächsten Tage ein Stück von ihr neben meinem Papierkorb recht absichtlich hingelegt.

Noch vor meiner Verheiratung hatte sich meine Mutter auf ein kleines Gut, das ihr Eigentum war und unfern von Niedernbach lag, zurückziehen wollen. Ich gab es nicht zu. Sie mußte bei uns bleiben, das Schloß war groß genug, um zwei voneinander unabhängige Haushaltungen zu beherbergen. – «Wir werden uns vertragen», meinte ich und behielt recht. Wir vertrugen uns. Meiner Frau wurde kein Grund gegeben, das landläufige oder, mit einem andern Wort für dieselbe Sache, das ordinäre Vorurteil gegen die Schwiegermutter zu teilen. Die ihre hat auch nicht den Schatten eines Anspruchs an sie erhoben und die geringste, selbstverständliche Rücksicht immer dankbar und fast als Gnade empfunden. Seitdem sie sich in ihrer frommen Menschenunkenntnis einbildete, Edith kennengelernt zu haben, hatte sie nur Lob und Liebe für ihre «Tochter».

Die Liebe fand keine Gegenliebe; das Lob zu erwidern, nahm Frau von C. auf sich. Sie sprach es oft mit feierlicher Überzeugung aus, wenn sie zu uns herüber kam aus den Zimmern meiner Mutter. Dabei blickte sie Edith fest und streng in die Augen und pries sie glücklich, in der Nähe einer solchen Frau leben, sich erbauen zu dürfen an diesem Vorbild der heldenmütigen Geduld im Leiden, der Güte gegen die Menschen und der Ergebung in den Willen Gottes.

Diese herausfordernde Bewunderung hat böse Früchte getragen. Sie hat mitgeholfen, das traurige Wunder zu vollbringen, daß eine Frau, der selbst die Fernstehenden, die Stumpfsten, Verehrung und Liebe zollten, nicht vermochte, dem Wesen, das ihr nach mir das teuerste war, die kleinste herzliche Regung abzugewinnen. Sie suchte sich und mich darüber zu täuschen, sie behauptete, Edith gehöre zu den jungen Geschöpfen, die sich schämen, eine warme Empfindung zu zeigen: «Und das sind die Besten, die Stärksten», sagte sie. «Wie sie ist, so ist sie mir recht. Eine Schwiegertochter, die mich mit Aufmerksamkeiten verfolgt, würde mir lästig! Ich bliebe ewig in ihrer Schuld, ich alte, an mein Ruhebett gefesselte Maschine, und käm aus den Gewissensqualen nicht heraus.»

Ich aber dachte bei mir: Warte nur, Mutter, deine Güte wird die Gleichgültigkeit Ediths besiegen, und dann wirst du sehen, wie wohl es tut, von einem Sohn *und* von einer Tochter geliebt zu werden.

In dieser Hoffnung wurde ich betrogen.

Ich kam eines Vormittags früher als gewöhnlich nach Hause. Wir hatten Ethel zu Tische. Als ich ins Speisezimmer trat, hörte ich unsern Gast im Salon nebenan lachen und zugleich schelten: «Pfui, Edith, das ist abscheulich!» Darauf unterdrücktes Gewimmer und wieder Lachen und Schelten. Ich öffnete die Tür und sah Edith auf dem Kanapee ausgestreckt liegen. Sie hatte ihr Spitzentaschentuch wie eine Haube auf den Kopf gestülpt, das Gesicht in Falten gezogen und äffte das Gebaren meiner Mutter nach in einer ihrer schweren Leidensstunden.

Meine Fäuste ballten sich: «Bravo, Komödiantin!» rief ich aus, stürzte auf sie zu und faßte sie hart an beiden Schultern. Die Todesangst, in die Ethel geriet, brachte mich zu mir. Sie war auf die Knie gestürzt und schrie: «Verzeih, verzeih ihr, es war nicht bös gemeint.»

Edith hatte nicht gezuckt unter meiner grausamen Berührung: «Ich hasse deine Mutter», sagte sie langsam und ließ auf jedem Wort die Stimme ruhen und biß die blanken Zähne zusammen. «Ich hasse sie, weil du sie mehr liebst als mich. Ich hab's immer gefürchtet, jetzt weiß ich's.»

Bis hierher bin ich neulich gekommen. Dann wollte ich überlesen, was ich aufgeschrieben habe. Aber das darf ich nicht, sonst lege ich die Feder weg. Sie ist in meiner Hand ein schwaches Werkzeug, und was sie schildert, bleibt gar zu weit hinter der Wirklichkeit zurück. Die Aufzeichnungen erwecken kaum einen schwachen Begriff von dem Wesen Ediths, von der Kraft ihrer Leidenschaft, von der Lieblichkeit ihrer Hingebung, von der Anmut, die ihr treu geblieben ist, durch Irrtum und Sünde bis in die Verworfenheit.

Arme Edith! Wer weiß, wenn meine Liebe zu ihr die Stärke der ihren zu mir gehabt hätte, ebenso ausschließend, rücksichtslos, unbedingt gewesen wäre, vielleicht würde ich sie doch gerettet haben, die arme Edith – und dann auch die andere...

Vielleicht – das ist ein Wort! Ich muß es streichen aus meinem Vokabularium. Ich darf nicht denken: vielleicht, sonst ist mir eins gewiß – der Wahnsinn.

Nach der Rückkehr von unserer Hochzeitsreise hatte ich meine landwirtschaftliche Tätigkeit wieder aufgenommen. Sechs Wochen nach der Geburt des Kindes war Edith schon an meiner Seite gewesen: «Nimm mich mit und kümmere dich nicht um mich, ich werde dir nie lästig werden.» Sie hielt Wort, sie wurde mir nie lästig, im Gegenteil, sie machte sich nützlich durch ihr Interesse an der Sache, ihren scharfen Blick, ihr richtiges Urteil über die Menschen. Wir ritten oder fuhren zusammen aus und kamen zusammen nach Hause. Ihr war kein Weg zu weit, keine Beschäftigung zu gering, wenn sie nur bei mir sein konnte.

Mit dem Kinde gab sie sich wenig ab. Ich machte ihr Vorwürfe darüber; es war am selben Tag, an dem sie meine Mutter verspottet hatte. «Wenn es dir ähnlich sähe, würde ich's lieben. Aber das bin ja ich, das ist noch einmal die unglückselige Edith», erwiderte sie. «Aus der Art geschlagen, sagten die Eltern. Unfähig, das Ehrwürdige zu verehren, sagst du!»

Weinend, außer sich stürzte sie in meine Arme. «Lehr mich's, lehr mich gut sein, hab grenzenloses Erbarmen! Hab mehr Liebe zu mir als Abscheu vor meinen Fehlern!»

Der Winter kam; C.s reisten mit Ethel nach dem Süden und ließen Maud, die meiner Mutter eine wahrhaft kindliche Zuneigung entgegentrug, bei ihr zurück. Edith und ich sollten den Fasching in Wien zubringen, und täglich mahnte meine Mutter: «Geht, Kinder, geht! Eure kleine Lore bleibt in guter Hut. Ihr habt auch etwas Zerstreuung wohl verdient, genießt sie.» Maud stimmte bei, Edith verhielt sich passiv.

Ich weiß nun schon lange, meine Mutter wollte mich forthaben, ich sollte nicht Zeuge sein ihres letzten Martyriums, dem sie sich nahe fühlte, und gerade um diese Zeit schien sie mir auffallend wohler, und meine Zuversicht wurde durch die des Arztes erhöht.

Wir nahmen Abschied – wir. Ich ging nie mehr allein zu ihr hinüber, um nicht mit der Frage empfangen zu werden: «Wo ist Edith?» Sie gab sich Rechenschaft von der Eifersucht, die sie erregte, so sehr Edith auch bestrebt war, sie vor ihr zu verbergen. Meine Mutter sah alles in zu schönem Licht, und was sie in schönem Licht durchaus nicht sehen konnte, dafür fand sie eine Entschuldigung; aber – sie sah.

Sie hatte Toilette gemacht zu diesem unvergeßlichen Abschied. Man hätte sie für gesund halten können an dem Vormittag; auf ihren Wangen schimmerte ein Anflug von Farbe, ihre Augen glänzten. Wie ein lichter Engel stand Maud neben ihrem Ruhebett. Sie ist gut versorgt, dachte ich, und dennoch überfiel mich's: Du solltest nicht fort von ihr. Aber ich verscheuchte die weichmütige Empfindung, scherzte über die elegante Haube meiner Mutter und über das Spitzenkleid, in das sie sich geworfen hatte, und sie scherzte mit:

«Ich habe auch meine Eitelkeit, ich will euch in angenehmer Erinnerung bleiben.»

Sie küßte Edith und dann mich auf die Stirn; gar gerecht teilte sie die Zeichen ihrer Zärtlichkeit zwischen uns.

Edith wandte sich. Ich aber schloß meine geliebte Mutter noch einmal an mein Herz und preßte meine Lippen auf ihren viel zu früh weiß gewordenen Scheitel und fühlte das Beben ihrer armen wunden Brust an der meinen. «Du leidest, Mutter», sagte ich. Sie schüttelte den Kopf, sie lächelte.

«Sei ganz ruhig; ich verspreche dir, wenn es gegen allen Anschein Ernst werden sollte, rufe ich dich.»

Wir stürzten uns kopfüber in die Weltfreuden. Es ging, wie's immer geht beim Auftauchen einer neuen, die Aufmerksamkeit erregenden Erscheinung. Das Cliquenunwesen, das jetzt in der Wiener Gesellschaft herrscht, begann schon damals sich auszubilden. Viele kleine, streng abgeschlossene Kreise in dem großen Kreis mit den verschwimmenden Konturen. Es gibt keine bestimmbaren Grenzen zwischen denen, die zur Gesellschaft gehören, und denen, die sich zu ihr zählen und von Außerhalbstehenden zu ihr gezählt werden. Aus den kleinen Kreisen gucken sie hinüber, herüber, mißtrauen, lästern, ziehen sich zurück in ihren Bau, aber mit einer Beute, irgendeinem Klatsch, irgendeiner lächerlichen Empfindung. Sie rollt, vergrößert sich, wird durch die Leichtgläubigkeit erhärtet, eine steinerne Legende, an der sich kein Jota ändern läßt.

Von Edith *wußte* man schon nach den ersten Tagen, daß sie eine Kreolin, die einzige Tochter eines unermeßlich reichen Pflanzers auf Barbados war. Ihr grausamer Vater hatte sie gezwungen, zuzusehen, wenn er unbotmäßige Sklaven totpeitschen ließ. In ihrer Heimat nannte man sie die Perle der Antillen.

Diesen Unsinn, der mich ärgerte, fand Edith ergötzlich. «Jetzt brauch ich mich nicht erst interessant zu machen, ich bin's», meinte sie. Die scharfen, eindringenden Pfeile ihres Spottes schwirrten, die Witzworte, die sie sagte, bekamen Flügel, die Karikaturen, die sie zeichnete, hatten einen ganz außerordentlichen Erfolg. Man buhlte um die Ehre, in der Sammlung Edith zu figurieren. Was die Stellung einer jeden andern untergraben hätte, befestigte die ihre. Das alles schmeichelte mir und verdroß mich zugleich. «Dir ist nichts heilig», sprach ich einmal zu ihr, und sie zuckte die Achseln. «Weil ich nichts Heiliges finden kann auf dieser unheiligen Erde.» Empört fuhr ich auf: «Edith!» Da schmiegte sie sich schon an mich, demütig und flehend, die Vielgefeierte. «Verzeih deinem armen, albernen Kinde, glaub ihm nicht. Unsere Liebe ist mir heilig.»

Die Gesellschaftsmenschen nannte sie dumme Awaren, die sich hinter ihre Ringwälle verkriechen und von dort aus die Welt beurteilen. Aber einen Ringwall nach dem andern zu erobern, im Triumph in jeden einzuziehen, das unternahm sie, und das gelang ihr. Es konnte nicht anders sein. Nie hat jemand, den zu gewinnen sie sich bemühte, ihr widerstanden. Sie bezauberte die Männer und gewann die Frauen. Ich habe die Zähesten, die Unüberwindlichsten, die Vorurteilsvollsten klein beigeben gesehen, wenn sie sich herbeiließ zum Kampf mit ihnen. Ihr Verstand besaß im höchsten Grad, was man beim Auge das Akkommodationsvermögen nennt. Sie stellte jeden in die rechte Sehweite und sich neben ihn in seinen Gesichtskreis und war gescheit mit den Klugen, ernst mit den Ernsten, frivol mit den Oberflächlichen.

Bald gab es kein Fest ohne sie, und sie gehörte zu den gefeiertsten Frauen in der «großen Welt». Wenn wir vom Schauplatz eines ihrer Siege nach Hause fuhren, legte sie die Arme um meinen Hals und den Kopf auf meine Schulter und fragte: «Hast du mich wieder recht lieb, weil ich den andern so gut gefalle?» Jede Huldigung, die ihr dargebracht wurde, heimste sie ein mit Entzücken, um sich ihrer vor mir rühmen zu können.

Den letzten Ball im Fasching wollten wir noch mitmachen vor unserer Rückkehr nach Niedernbach, und auf dieses glänzende Abschiedsfest hatte Edith sich besonders gefreut und genoß es mit vollkommener Unbefangenheit.

Am nächsten Morgen, sehr früh, weckte sie mich, stand in Reisekleidern vor meinem Bette. «Wir müssen nach Niedernbach, Lieber, mit dem ersten Zug. Es ist ein Telegramm von Maud gekommen, deine Mutter ist etwas weniger wohl.»

Ich sprang auf, verlangte das Telegramm. Es war verlegt worden; vielleicht war es in den kleinen Koffer geraten, den Edith und die Kammerfrau in aller Eile gepackt hatten. Niemand nahm sich Zeit, es zu suchen, nur rasch in die Kleider; das Frühstück wartete, der Wagen war bestellt. Meine Frau hatte schon für alles gesorgt.

Eine furchtbare Reise, trotz aller Mühe, die Edith sich gab, mich zu beruhigen. Eine entsetzliche Ankunft. Vor dem Tor trat Maud uns entgegen. Auf ihrem Gesicht las ich: Du kommst zu spät.

Edith sprang aus dem Wagen auf ihre Schwester zu und flüsterte ihr hastig etwas ins Ohr. Maud horchte, ihre Augen wurden starr, sie wich vor Edith zurück, unwillkürlich, mit Abscheu. Sie konnte nicht lügen, sie konnte nicht, die Fähigkeit fehlte ihr. Ich erfuhr alles auf einmal. Meine Mutter war vor einer Stunde gestorben, sie hatte sich in ihren letzten Augenblicken vergeblich nach mir gesehnt. Ich war zu spät gekommen, weil Edith, um den Ball nicht zu versäumen, das Telegramm, das mich nach Hause berief, unterschlagen hatte.

An diesem Verrat starb meine Liebe. Aber – ein Geständnis, schwer abzulegen – die Leidenschaft überlebte den Haß und die Liebe. Der herbe Zusatz, den meine Selbstvorwürfe ihr gaben, vertiefte sie nur; sie wurde so recht eine erniedrigende Wonne, eine selige Bitternis, um so mächtiger, je elender sie macht; denn sie nährt sich von unsrer besten Kraft. Sie ist der aus Nektar und Wermut gemischte Trank, nach dem ewig lechzen wird, der ihn einmal gekostet hat. Er allein löscht den Durst des Erdgeborenen nach Lust und Leid zugleich.

Was heiße Reue – das heißt, nein, dieses Wort muß ich zurücknehmen, eigentlicher Reue war Edith unfähig; sie rühmte sich dessen sogar – was heiße *Liebe* tun kann, um einen Frevel zu sühnen, das hat Edith damals getan. Ich hätte ihr verzeihen oder sie von mir stoßen sollen, fand aber weder zum einen noch zum andern die Kraft. Es war ein gräßliches Wirrsal in mir. In einem Atem verurteilte und entschuldigte ich seine Urheberin. Ich sprach nicht die Verdammnis über sie wie ein Richter, ich fluchte ihr, wie man einem Spießgesellen flucht.

An der Leiche meiner Mutter war mein Gewissen erwacht. Ich lernte alle seine Qualen kennen. Die stummen Lippen der Toten hatten gesprochen.- «Schlechter Sohn!»

Wie war's möglich gewesen? Ich begriff's nicht mehr, daß ich mich hatte täuschen lassen durch ihren frommen Betrug, irreführen durch ihre großmütige Verstellung; daß ich nicht erraten hatte, was sie mir verschwieg, den unaufhaltsamen Fortschritt der Krankheit, die an ihr zehrte, daß ich nicht gegeizt hatte mit jeder Minute ihres entschwindenden Lebens. Und sie – die letzten Worte, den letzten Wunsch, alles, was sie aufgespart für den Augenblick, in dem es «Ernst werden sollte», hatte sie nicht aussprechen, mich nicht mehr segnen können.

Sie war so schwer hinübergegangen, hörte ich. Die Sehnsucht nach mir in ihrem mütterlichen Herzen verlängerte den Todeskampf, ließ sie nicht friedlich hinübergehen.

Von der Zeit an habe ich eine reine Freude nicht mehr gekannt, ich war unheilbar verwundet.

Ob der Grund meines veränderten Benehmens gegen Edith ihren Eltern ein Geheimnis blieb, weiß ich nicht. Sie haben darüber nie Rechenschaft von mir verlangt, mir nicht die geringste Unzufriedenheit gezeigt. Im Gegenteil, sie waren rücksichtsvoller und aufmerksamer denn je für mich, kälter denn je gegen ihre Tochter. Auch an ihren Schwestern fand Edith keine Stütze. Maud, so vortrefflich, so pflichttreu, so liebevoll, wenn sie verehrte, war doch nicht ohne die gewisse Härte, die von großer Frömmigkeit unzertrennlich scheint. Diese Härte bekam Edith jetzt zu fühlen. Die kleine Ethel, die vor der unberechenbaren Schwester immer eine instinktive Scheu gehabt hatte, zog sich ganz und gar von ihr zurück, nahm keine Einladung mehr an. Umsonst forderte Edith sie auf, bat (und wie inständig!) umsonst: «Komm zu uns! Bleib bei uns!»

Dagegen empörte ich mich. An mir hatte Edith sich versündigt, mir, nicht den andern kam's zu, sie zu strafen. Einmal stellt ich meine Schwägerin Ethel zur Rede: «Was hat Edith dir getan?» Nun, ihr nichts; aber was mußte sie *mir* getan haben, daß ich so bös mit ihr sein konnte?

Sie war nur das Echo ihres Vaterhauses, und ich fand die Parteinahme, die mir dort zuteil wurde, sehr unberufen und sehr beschämend für mich.

Das absolute Alleinstehen Ediths erweckte am Ende doch wieder mein Mitleid, und wieder schlichen sich in mein Herz noch andere Empfindungen als die leidenschaftlicher Mißachtung oder leidenschaftlicher Hingerissenheit. Ich konnte nicht ausrufen: «Du irrst», wenn sie sagte: «Hätten wir deine Mutter am Leben gefunden, mein Unrecht wäre dasselbe geblieben, aber wie anders würdest du's beurteilt haben!»

Es ergriff mich, wenn ich meine Schwäche verwünschte nach einer Rückkehr zu ihr und sie dann sprach: «Sei ruhig, ich fühle deine Lieblosigkeit nie demütigender als jetzt in deinen Armen.»

Es rührte mich, wenn sie meine rauheste Abweisung mit der Bitte beantwortete: «Mißhandle mich, je ärger, je besser! Um so früher tilgst du meine Schuld gegen dich und wirst endlich in der meinen stehen. Dann sollst du erfahren, wie die Liebe und was sie verzeiht. Alles, alles! Es gibt nichts im Bereich des Denkbaren, das ich dir nicht verzeihen würde.»

So brachte sie mich langsam wieder in ihren Bann; aber wo blieb das Glück? An eine stille, gleichmäßige Existenz in wohlgeordneter Häuslichkeit war an der Seite Ediths nicht zu denken; ein Haus führen ist eine Mühewaltung, und davor graute ihr. Ihr graute auch vor dem Lesen eines ernsten Buches, und unrettbar lächerlich machte sich in ihren Augen, wer mit ihr ein Gespräch führen wollte, das nicht ausschließend vom Nächsten, seinen Schwächen und Fehlern handelte. Wenn es *etwas* gab, das ihr Interesse und sogar ihre Bewunderung erregte, so war's ein schönes Bild, und wenn es *Menschen* gab, die wenigstens eine Zeitlang von ihren Spöttereien und Lästerungen verschont wurden, so waren es Künstler. Aber Pietät flößte ihr selbst der größte nicht ein. Diese Empfindung ist ihr fremd geblieben bis ins Grab. Sie hatte zu scharfe Augen für alle menschlichen Fehler, ihre eigenen nicht ausgenommen. Ich muß ihr die Gerechtigkeit widerfahren lassen, daß sie zwei große Vorzüge besaß; sie war nicht eitel, und sie kannte sich selbst. Die Stunden der Einkehr kamen selten und hinterließen keinen bleibenden Eindruck; kamen sie aber, dann waren sie furchtbar.

Später noch, in Tagen, in denen ich ihr noch viel schwerere Schuld zu verzeihen hatte, meint ich, sie müsse Erlösung finden können in der Kunst und in der Religion. Sie wollte davon nichts wissen. «Das lebendige Leben interessiert mich, nicht das gemalte», sagte sie; «und beten? Lieber nicht. Mein Gebet wird immer zur Anklage. Warum hat der Ewige ein verpfuschtes Werk, wie ich bin, nicht zurückgeschleudert in das Nichts, da er es geschaffen hatte und sah, daß es nicht gut war?»

Mit der kleinen Lore, die leidenschaftlich an ihr hing, beschäftigte sie sich wenig. Sie hatte kein rechtes Herz für das Kind. «Weil es dir nicht ähnlich sieht», sagte sie zu ihrer Entschuldigung, «sondern mein Ebenbild ist. Sieh nur, Lieber, die Gestalt, die Kopfform, die Augen: die meinen! Ihr Sprechen, ihr Lachen: das meine! Es ist schrecklich. Ich bin hineingeschneit gekommen in die Familie, wer weiß wie? Ich sehe keinem der unsern gleich, erinnere an keinen. Dieses Kind ist Fleisch von meinem Fleisch und Geist von meinem Geist. Es ist noch einmal ich, doppelt ich und wird doppelt unselig sein.»

Sie verfiel in wahnsinniges Schluchzen. Ich ging aus dem Zimmer, ich wollte nicht weich werden.

Eine Viertelstunde später saß Edith am Klavier, spielte einen Walzer und lachte, lachte schallend über die Kleine, die zu tanzen versuchte und alle Augenblicke über ihre eigenen, ungelenken Füßchen stolperte und hinfiel. Endlich hatte sie genug und blieb auf dem Boden sitzen, ganz artig und erschöpft. Edith ließ sie hart an. Sogleich brach das Kind in Schreien aus, strampelte und plärrte und entwickelte so viel Zorn und Bosheit, als einem dreijährigen Ding nur irgend möglich ist. Seine Mutter betrachtete es eine Weile höchlich ergötzt, sprang plötzlich auf, hob's in ihre Arme, überflutete es mit Zärtlichkeiten und drehte sich mit ihm und tanzte und sang dabei ihrem wilden, schönen Kinde ein wildes, schönes Zigeunerlied vor. Jede ihrer Bewegungen, jede ihrer Gebärden paßte zu der Musik, *war* – wenn man so sagen darf – stumme Musik. Sie sah wohl, daß ich dastand und sie beobachtete, tat aber nichts dergleichen. Und das Kind, belohnt für seine Unart, war entzückt und jauchzte laut.

So erzog sie's.

Mein Haus hatte keine Herrin, mein Kind hatte keine Mutter, ich hatte keine Lebensgefährtin, ich hatte – eine schöne Geliebte.

Meine landwirtschaftliche Tätigkeit erweiterte sich von Jahr zu Jahr. Ein gemeinnütziges Unternehmen, das ich ins Leben gerufen hatte, gedieh viel schneller und nahm größeren Umfang an, als ich im Beginne mir hätte träumen lassen. Die leidige Politik erhob auch Anspruch auf einen Teil meiner Zeit; so hatt ich Beschäftigung in Hülle und Fülle. Sie zog mich ab von meiner unfruchtbaren Reue, von der Pein meines inneren Zwiespalts.

Edith war nun oft allein. Sie klagte darüber; ich gab ihr zur Antwort: «Du hast dein Haus, dein Kind, deine sträflich vernachlässigte Kunst, du hast die Nachbarschaft deiner Eltern, nütz all den Reichtum aus.»

Wieder muß ich ihr Gerechtigkeit widerfahren lassen: sie hat sich bemüht, meine Ratschläge zu befolgen.

Über meinem Schreibtisch hängt ein Bild – ich hab's von da nie verbannen wollen –, das stammt aus dieser Zeit und bittet für die arme Edith. Es ist ein Aquarell, mit außerordentlicher Kraft und Leichtigkeit hingeworfen, nicht ausgeführt. Einsam steht ein junges Weib am Rande einer Klippenwand. Tiefer Schatten um sie her, die Nacht bricht an. Aus dem Dunkel leuchtet, von durchsichtigen Schleiern umwallt, der blühende Leib. Hoch am Himmel sind die Umrisse einer dem Wolkendunst entrückten Lichtgestalt angedeutet. Zu der hebt das Weib den Kopf empor, der streckt sie hilferufend die Arme entgegen. Verzweiflungsvolle Sehnsucht glüht und schmachtet in ihren Augen, spannt jede Fiber ihres Körpers. Sie ringt vergeblich. Geister der Tiefe haben ihn in Ketten geschlagen. Gestalten, schön und ungeheuerlich, aus einer selbstquälerischen, einer erfindungsreichen Phantasie geboren, kriechen, stürzen herbei. Sie zerren an den Fesseln und werden ihr Opfer in den Abgrund reißen. Hilfe! möchte man mit der Unglückseligen rufen.

Aber die Lichtgestalt bleibt abgewendet.

Ein Jahr nach dem Tode meiner Mutter wurde die Verlobung der kleinen Ethel gefeiert. Ein, wie's in Romanen und Novellen heißt, «schmucker Reiteroffizier» hatte ihr Herz und, was viel entscheidender war, die Sympathie ihrer Eltern gewonnen. Die Ehrlichkeit, mit der er ihnen eingestand, daß er sich um die Kleine nicht beworben hätte, wenn sie arm wäre, so sehr sie es ihm auch angetan, gefiel ihnen. Er trug einen großen Namen und hatte von einem kürzlich verstorbenen Verwandten die schwerbelasteten Familiengüter geerbt. Nun hieß es (immer die alte Geschichte!) entweder heiraten und den Dienst verlassen oder ledig bleiben und weiterdienen. Zu dem letzteren erklärte er sich entschlossen, wenn er die kleine Ethel nicht zur Frau bekäme.

Meine Schwiegereltern legten die Angelegenheit in meine Hand, und ich brachte sie zu gutem Ende. Es war ebenso leicht, über die Verhältnisse meines zukünftigen Schwagers ins reine zu kommen wie über ihn selbst. Man brauchte keinen besonderen Scharfblick, um zu erkennen, daß in dem gutmütigen Lebemann, der sein Geld hinauswarf, solange er wenig hatte, ein solider Hausvater und Sparmeister schlummerte.

Die Eltern gaben denn ihren, im Sinne des Wortes, reichen Segen, und Ethel, die Tag und Nacht geweint hatte wie ein Fontänchen, während die Unterhandlungen mit ihrem Karl oder vielmehr mit seinen Gläubigern noch in der Schwebe waren, glänzte jetzt vor Glück an seiner Seite wie eine kleine Sonne.

Das Regiment Karls stationierte in der Nähe; er führte im Hause C. seine Kameraden ein, von denen er bald Abschied nehmen sollte, was ihm und ihnen schwer wurde. Bisher hatte es von Malern gewimmelt, jetzt wimmelte es von Malern und von Offizieren. Sie vertrugen sich vortrefflich miteinander. Schöne Pferde wurden vorgeritten und in allen Gangarten skizziert, gezeichnet und gemalt. Eine Hälfte des Tages gehörte der Kunstbegeisterung und der «Arbeit» (sie nannten das so), die andre der Erholung bei Tisch, im Park oder im Tanzsaal. Es ging heiter her, und der Heiterste der Gesellschaft war mein Schwiegervater.

Eines seiner Bilder, ein spannlanger Landsknecht, hatte auf irgendeiner Ausstellung irgendeinen Preis bekommen. All sein Ehe- und übriges Glück in Ehren; aber der Augenblick, der die Nachricht der Erfüllung eines jahrelang stillgehegten Wunsches brachte, war doch der schönste seines Lebens. Er kam vielen zugute. Daß ihm das Herz manchmal schwer war, dafür sorgte Edith, bewußt und unbewußt. Dann hieß es bei ihm: Wenn ich keine Freude habe, sollen doch die andern Freude haben; und er gab und half, wo er konnte. – War ihm aber eine Freude zuteil geworden, dann sollten die andern doppelt Freude haben, und seine Großmut überstieg die kühnsten Zumutungen, die man an sie gestellt hatte.

Die Meistgefeierte bei den Unterhaltungen und Festlichkeiten im Elternhause blieb immer Edith. Es war einmal so. Ob sie's darauf abgesehen hatte oder nicht, sie herrschte, wo sie erschien, und verdrehte den Leuten die Köpfe. Die leichten Siege über junge Künstler- und Soldatenherzen schmeichelten ihr nicht. Sie hatte etwas ganz anderes im Sinn als spielende Eroberungen, wenn sie sich herbeiließ, liebenswürdig zu sein mit diesen (ihr Ausdruck) armen Teufeln. Sie wollte mich eifersüchtig machen. Ich merkte die Absicht und wurde *nicht* verstimmt.

Daß sie selbst von Eifersucht gepeinigt wurde, suchte sie zu verbergen; aber Verstellung war ihre Sache nicht. Einmal eingestanden, wuchs die kläglichste aller Leidenschaften bis an die Grenze des Wahnsinns. «Du liebst mich nicht mehr; wen liebst du?», Mit der Frage peinigte sie mich. Sie war eifersüchtig auf ein Buch, das ich las, auf jedes kleine Andenken an meine Mutter, auf eine unsichtbare Geliebte, die ich, sie wußte nur nicht wo, vor ihr verbarg. Sie war eifersüchtig auf Maud, die ich nur zu oft bitten mußte, sich des vernachlässigten Kindes anzunehmen, das der Willkür der Dienerschaft überantwortet blieb.

Eines Abends trat Edith plötzlich bei mir ein und fand mich schreibend. Sie war wie im Fieber, durchstöberte meine Mappe, riß die schon geschlossenen Briefe aus den Kuverts: «An wen adressierst du deine Liebesepisteln, wer vermittelt sie? Ich will's wissen – ich hab das Recht.»

Ihre Aufregung erschreckte mich, und ich sagte: «Lies nur, lies alles, es wird dir als Schlafmittel dienen.»

«Du fängst es eben sehr geschickt an. Ein Zeichen mehr, wie durchtrieben...»

«Edith!» schrie ich auf – und sie lag an meiner Brust, schmiegte sich an mich, angstvoll und bebend an allen Gliedern.

«Tu ich dir unrecht? Liebst du keine andre? Dann verzeih, und um des Guten, um Gottes willen liebe mich! Liebe mich wieder wie einst, aus ganzem Herzen, aus ganzer Seele. Wenn du mich nicht mehr so lieben kannst, bin ich verloren. Ich hab zu wenig Seele, wie ich glaube, und zu wenig Herz, wie ich weiß. Ich habe keins, außer für dich. Gib mir deine Seele, dein Herz, damit ich wieder lebe. Willst du – willst du?» fragte sie heftig, fast drohend, und ich kämpfte zwischen Zorn und Erbarmen. Was forderte diese Frau? Meine Seele, die sie belastet hatte mit einem Vorwurf, der nicht ruhte, mein Herz, das sie in seiner heiligsten Empfindung verwundet hatte.

«Willst du?» wiederholte sie.

«Wollen ist nicht Können», antwortete ich. Sie sprang auf. Sie sah mich an, mit einem Blick, finster wie die Hölle, kreuzte die Arme über der Brust und sprach: «Auch gut.»

Die zwei Worte sollte ich noch einmal hören.

Sie hatte gesagt: «Ich bin verloren», und sie war's, und ich war blind. Ich ließ mich in Sicherheit wiegen durch die Überzeugung, daß ich von Edith geliebt wurde über alles. Eine Frau, die liebt, wird nicht treulos, bildete ich mir ein. Die Pflicht ist nur ein schwacher Halt im Vergleich zu dem, den die Liebe bietet, die allgewaltige.

Falsch! – falsch, wie das Generalisieren immer ist, dieser trübe Born, aus dem Dummköpfe ihre Weisheit schöpfen.

Als ich die Gewißheit erlangte, daß Edith ihre unsinnige Rache an mir genommen hatte, nahm ich die meine. Die Frau verstand es, mich verrückt zu machen, und noch mehr *ihn*, den «armen Teufel». Ein lieber, braver Mensch, um den einem leid sein konnte. Grausam hatte sie ihn die längste Zeit zum Narren gehalten und, als ich sie deshalb zur Rede stellte, lachend gesagt: «Imperator, dulde, daß deine Sklavin vor dir kämpft und siegt.»

Er war kein unerfahrener Jüngling, er war ein Mann. Vor wenigen Jahren hatte ein Zufall mich in die Lage gebracht, ihm einen wichtigen Dienst erweisen zu können. Als ich es erfuhr... Nun, wir waren von Sinnen, er und ich, und fürchteten beide, zu früh wieder zu Verstand zu kommen.

Keine Zeugen, eine Pistole geladen, die andre nicht. Übers Taschentuch wird geschossen, zugleich. Das machten wir aus. Er zitterte, er war wie die Wand, indes ich glaubte, mir müsse das Blut bei den Augen herausspritzen. – Eins, zwei, drei – ich drückte los. Ein kurzer, harter Knall, das Zündhütchen war abgebrannt. Er hatte die geladene Pistole. Ja, was ist das? Er läßt den Arm sinken. «Schieß!» ruf ich ihm zu, «schieß, du...» und geb ihm einen Schimpfnamen, der mich heute noch reut.

«Nenn mich, wie du willst», sagt er, «ich kann auf dich nicht schießen, aber –» und hebt die Pistole und richtet sie gegen sich. Ich schlug sie ihm aus der Hand; unser Benehmen kam mir albern und kindisch vor.

Ich forderte von ihm: «Ertrag dein Dasein, ertrag's, sei's, wie es sei.» Er versprach's, versprach auch, Edith nie wiederzusehen, und hat Wort gehalten.

Maud, zu der Edith nach der Entdeckung ratlos und verzweifelt geflohen war, machte sich zu ihrer Fürsprecherin. Sie erlangte von mir, was niemand außer ihr erlangt hätte. Ich verzieh.

Soll ich mich deshalb verachten? Verachtet mich, wer diese in Qual, Scham und Zorn hingeworfenen Bekenntnisse kalten Herzens Seite für Seite durchblättert? Ich bin euch ja nur ein Buchmensch, für den ihr eine andere, viel feinere Moral in Bereitschaft habt als für euch selbst und eure Freunde. Seht euch nur um. Wie viele von euch und von ihnen, mit denen ihr in einem Regiment dient, im Landtag sitzt, im Reichsrat, im Klub und so weiter, haben verziehen. Und ihr drückt ihnen die Hand und nennt sie Ehrenmänner.

Nun, ich bin wie sie und kein Buchmensch, ich bin ein lebendiger Mann und schreibe meine lebendige Geschichte.

Ich verzieh also. Einmal – mehrmals. Das erste Mal, weil es ihrem Anwalt, dieser edlen Maud, gelang, Entschuldigungen für sie zu finden. Später, als es für sie keine Entschuldigung mehr gab – aus Verachtung.

Wir lebten in Wien und auf dem Lande unter einem Dache, wir sahen uns vor Fremden und waren dann höflich gegeneinander. Darin bestand unser Verkehr. Das Kind hatte eine verläßliche Wärterin; seine Mutter, die in Weltfreuden unterging, beschäftigte sich fast nie mit ihm, und das war mir recht.

Um der kleinen Lore willen hätte ich einen Skandal gern vermieden. Edith provozierte ihn. Es war die letzte Probe, auf welche sie meine feige Langmut stellte. Auch die versagte endlich, und wir trennten uns. Sie brachte ihr Leben fortan teils auf Reisen (an aufmerksamer Begleitung fehlte es ihr nicht), teils in Paris zu. Ich löste mein Haus in der Stadt auf und zog mich vom politischen Leben zurück. Der Eigennutz unter der Maske der Fürsorge für das allgemeine Wohl, der mir dort auf allen Gebieten begegnete, ekelte mich zu sehr an.

Beschäftigung hatte ich genug. Mein Schwiegervater übertrug mir die Leitung seines Gutes, und in Niedernbach gab's vollauf zu tun. Die Wirtschaft war zurückgegangen, seitdem mein alter Verwalter unter der Erde schlief, die er geliebt und gepflegt, und seitdem ich meinen kleinen Wirkungskreis vernachlässigt hatte, um in einem großen – nichts zu leisten.

Von Vereinsamtsein war keine Rede. Mein Schwager und Ethel besuchten mich oft und brachten ihre lieben, schönen Kinder mit. Maud, die entschlossen war, unverheiratet zu bleiben, und das Leben einer weltlichen Klosterfrau führte, zog mit Erlaubnis ihrer Eltern nach Niedernbach, nahm sich der Erziehung Lores an und brachte den außer Rand und Band geratenen Haushalt wieder ins Geleise.

Meine Schwiegereltern – seien sie noch im Grabe gesegnet, die Vortrefflichen, sie waren für mich wie Vater und Mutter – sagten: «Jetzt sind wir wieder allein», fügten sich aber in diese Tatsache mit sehr freudiger Ergebung.

An jedem Ersten des Monats schickte Maud einen Bericht über Lore an Edith ab. Es kam manchmal eine höhnische und gehässige, ein andres Mal eine im Sturm des Schmerzes und der Sehnsucht geschriebene Antwort. Es kamen auch Briefe an mich. Ich antwortete nie, las überhaupt nur die ersten; ich litt zu viel dabei.

Ich habe einen guten Bekannten gehabt, der war ein Kinderfeind: «Kinder! Tiere mit menschlichen Angesichtern, egoistisch, gefräßig, grausam! Pfui!» Er ging ihnen aus dem Weg. Fand er bei seinen liebsten Freunden die Kinder im Salon, an der Tür kehrte er um. Er hätte gern geheiratet; aus Angst vor den möglichen Folgen blieb er ledig. Erst als alter Junggeselle verliebte er sich so ernstlich und flößte so ernstliche Gegenliebe ein, daß er sich endlich doch an den Traualtar wagte. Sich und seiner sehr lieben, aber nicht mehr jungen Frau hatte er eingeredet: «Wir kriegen keine Kinder mehr.»

Statt dessen war schon nach kurzer Ehe Aussicht auf Nachkommenschaft vorhanden, und der Kinderfeind geriet außer sich und quälte seine Gattin bis aufs Blut mit den Drohungen, die er gegen das Ungeborene ausstieß. Es erschien, und im Momente erwachte in dem bärbeißigen Manne der zärtliche Vater. Er war nicht wegzubringen von der Wiege, verstand jeden Quietsch, den das Würmchen tat, besser als Hebamme und Wärterin. Wenn er seinen Sprößling für einige Stunden verlassen mußte, sprach er wenigstens von ihm, langweilte damit alle Welt und brachte seine Frau in die größte Verlegenheit.

Ein zweites Knäblein kam, ein drittes, die Leutchen brachten es auf vier, und jeder neue Ankömmling war in den Augen des begeisterten Vaters immer der schönste, der meistversprechende. Bei jedem avancierte der Papa von der Wärterin zur Kindergärtnerin, von dieser zum Lehrer und zum Korrepetitor. «Wo ist jetzt dein Kinderhaß?» fragte ich ihn einmal. «Wo soll er sein? Da ist er, immer der selbe», gab er mir zur Antwort. «Kinder, gräßlich; pfui!» – «Aber die deinen?» Er riß die Augen weit auf und war grenzenlos verwundert. «Die *meinen?* Du wirst doch *meine* Kinder nicht mit andern vergleichen wollen!»

Das Beispiel dieses übrigens ganz tüchtigen und gescheiten Menschen warnte mich. Ich war nur zu sehr geneigt, in seinen Fehler zu verfallen. Mir schien Lore auch etwas ganz Unvergleichliches. Ich setzte mich nur zur Wehre gegen mich selbst, wenn ich spöttelte über das Entzücken, das sie allenthalben hervorrief. Im stillen gab ich ihr süßere Namen, als irgend jemand ersinnen konnte. Sie war das Licht meines Lebens, Hoffnung und Erfüllung.

Ihr Spielplatz lag den Fenstern meines Arbeitszimmers gegenüber. Das sogenannte Kapuzinergärtchen stieg da terrassenförmig empor, fast bis zur Höhe des ersten Stockes, und gerade vor mir, auf der Wiese, hüpfte die Kleine herum, schlug den Reif, den Ball oder bepflanzte ein Beet mit den winzigsten Blumen, die sie auftreiben konnte: Augentrost, Flor, zwerghafte Hauswurz. Von den großen Blumen sagte sie: «Die sind alt, die mag ich nicht.» Alles Alte flößte ihr Scheu ein, sie fürchtete sich vor alten Menschen, vor alten Tieren. Ich freute mich immer über das gute, frische Aussehen meiner Schwiegereltern; es täuschte das Kind, und sie bekamen nie von ihm den grausamen Ausspruch zu hören: «Ich mag euch nicht, ihr seid alt.»

Ihretwegen hätte Lore ihn freilich ohne weiteres tun dürfen und – was nicht? Ihre Großeltern würden es allerliebst gefunden haben. Über Edith urteilten C.s klar und unbefangen, über die Enkelin waren sie verblendet und blieben es, Gott sei Dank, bis ans Ende. Einen entschuldbareren Irrturn wüßte ich nicht zu finden. Das Kind war wirklich ein holdes, bezauberndes Geschöpf. Ich stand oft stundenlang am Fenster, hinter dem Vorhang versteckt, und sah ihr zu. Alles gelang ihr, alles gedieh unter ihren geschickten Händchen.

Ihr Gärtlein wurde ein Schmuck der Wiese. In ihre Arbeit konnte sie sich versenken bis zur Weltvergessenheit. Da saß sie auf einem Puppensessel unterm Tannenbaum und stickte ein selbsterfundenes Muster auf durchlöchertes Papier oder auf irgendeinen Stoff, ein Kleidungsstück. Eine Mantille Tante Mauds fand man einmal so verziert. «Ich mache kleine, junge Stiche, damit ich nicht so oft einfädeln lassen muß, weißt du, Johanna!» sagte sie zu ihrer Kinderfrau und stichelte und stichelte! Manchmal hielt die eifrige Arbeiterin ihr Werk weit von sich, um zu sehen, wie sich's aus der Entfernung machte, und fuhr dann fort mit einem Fleiß, einer Ausdauer...

«Nein», jubelte ich, «sie wird *nicht* werden wie ihre Mutter, die Ähnlichkeit ist nur eine äußere. Fleiß, Ausdauer waren Edith fremd.»

Wenn Lore endlich doch arbeitsmüde wurde, sprang sie auf und rief ihrer Johanna zu: «Jetzt schau, jetzt werd ich fliegen wie eine Schwalbe.» Sie breitete die Arme aus und stob über den Rasen hin, leichtfüßig, anmutig, in großen Kreisen, in kleinen Kreisen, geradeaus. Jetzt rasch ein paar Flügelschläge mit den Armen angedeutet, ein Gezwitscher, dem Vogel, den sie nachahmte, abgelernt, eine rasche Wendung und wieder ein sanftes Hingleiten, das wahrlich einem Fluge glich. Ihre dunklen, seidenweichen Haare, die sie halblang und offen trug, flatterten; sie streckte den Kopf vor, richtete ihre Augen aufmerksam und regungslos in die Ferne, drückte den Mund fest zu und hielt in ihrem Flug nur inne, um ihre Johanna anzurufen: «Schau nur, schau, mach ich ein rechtes Schwalbengesicht?»

Ich hätte auflachen und zu ihr stürzen, sie in meine Arme nehmen, ihr Spielgefährte sein mögen, ihr Neger, ihr Hund.

Ich rang mit den zerschmelzenden Gefühlen, die mich beim Anblick dieser Kleinen, meines höchsten, des einzigen mir ganz zugehörenden Gutes, überfielen. Ich beherrschte mich immer. Ich habe das Kind nicht verwöhnt, nicht verzogen, ich bin mir keiner Schuld gegen meine Tochter bewußt, ich war im Anfang nicht zu mild, in der Folge nicht zu streng.

Lore stand im vierten Jahre, als ihre Mutter uns verließ. Sie hatte einen stummen, tränenlosen Abschied von der Kleinen genommen, und diese suchte sie am Abend im ganzen Hause, fragte jeden nach ihr, und als es hieß, sie sei fortgefahren, lief das Kind zum Tor des Hofes und wollte dort auf die Mama warten. Man mußte sie endlich mit Gewalt in ihr Bettchen bringen. Am zweiten Tage war sie halb, am dritten ganz getröstet. Vergessen hatte sie ihre Mutter nicht, ich merkte es oft. Sie sprach nur selten von ihr; sie erriet mit wunderbarem Instinkt, daß sie's nicht sollte, nicht zu Hause und nicht bei ihren Großeltern. Die Anbetung, die sie für Edith gehabt hatte, übertrug sie auf mich – eine Zeitlang. Dann wurde der Großvater von ihr vergöttert. Bei ihm war sie am liebsten, bei ihm unterhielt sie sich am besten, es war nirgends so schön wie bei ihm. Auch diese Begeisterung legte sich, und Tante Maud trat in Gunst, und dann einer ihrer Vettern und dann ihr Pony. Sie trieb stets Götzendienst mit irgendeinem Wesen oder mit irgendeiner Sache, und mir schien die jeweilige Vorliebe immer mehr aus der Phantasie als aus dem Herzen zu kommen. Die Treulosigkeiten Lores beunruhigten mich.

Maud fand das ganz ungerechtfertigt. In ihren Augen war Treue das Höchste, die Blüte und Frucht der edelsten Kräfte im Menschenherzen. Zur Treue wie zur Dankbarkeit müsse man heranreifen; sie von einem Kind verlangen, sei töricht.

Wie gern ließ ich mich beschwichtigen! Doch gab es kein Ende für meine Sorgen; es traten immer neue an die Stelle der alten. Ich mußte der Kleinen nach und nach ihren Hund, ihr Lamm, ihre Vögel wegnehmen, denn sie quälte diese Tiere. Nur dem Pony ließ sie Ruhe, weil es sie einmal tüchtig gebissen hatte. Den Armen ging sie aus dem Wege, nicht nur den greisen, auch den jungen, denn wenn sie selbst nicht alt waren, so trugen sie doch alte Kleider.

Und so schrecklich dies alles mir war, trostlos machte es mich nicht. Unter den vielen Fehlern Lores entdeckte ich nicht einen von ihrer Mutter ererbten. Angeboren war das Schlechte ihr nicht, es konnte ausgerottet werden. Der Körper des Kindes entwickelt sich nicht gleichmäßig, warum sollten seine Seelenkräfte sich gleichmäßig entwickeln? Lore war gescheit weit über ihre Jahre, gut hatte sie noch zu werden, und gut sollte sie werden. An dieser Hoffnung hielt ich fest.

Eines Tages, eines schönen Sommertags, kehrte ich vom Feld zurück. Ich war nur vergnügten Gesichtern begegnet, die Ernte versprach vortrefflich zu werden. Freudige Erwartung lag gleichsam in der Luft und warf sogar in meine Seele einen Widerschein. Brot für alle. Brot, der Leckerbissen der Armen, Brot, das der Volksmund bei uns mit verkleinerndem Kosenamen nennt. Wahrlich, ein trostvoller Gedanke.

Das letzte Stück Weges führte durch einen ziemlich entlegenen Teil des Gartens, zu dessen Pförtchen ich den Schlüssel bei mir hatte. Beim Einbiegen in einen breiten, dichten Laubgang, wen erblickte ich vor mir? Lore. Sie war allein; ich ging hinter ihr her, ohne daß sie es wußte. Da sah ich, daß sie Studien machte und sehr ernsthaft und unverdrossen wiederholte, was ihr nicht gleich gelang. Sie streckte sich, nahm eine steife Kopfhaltung an, änderte ihren leichten Kindergang. Die Ellbogen an den Leib gepreßt und ein bißchen zurückgeschoben, schritt sie kerzengerade einher, grüßte nach rechts und nach links mit freundlichem und doch würdevollem Neigen des Hauptes. Sie riß ein Blatt vom Strauch und brachte es dicht vor die Augen und betrachtete es, genau wie die kurzsichtige Tante Maud oft tat, Tante Maud, die sie nachzuahmen suchte – mit dem größten Glück.

Diese kleine Verruchtheit führte sie aus mit einer Anmut, einem Humor, die meine ungelenke Hand nicht schildern kann. Es hätte mich ergötzen müssen, wenn die Komödie nur nicht von der Tochter Ediths aufgeführt worden wäre, wenn sie mir nur nicht die Erinnerung an jene ebenfalls sehr gelungene Nachahmung...

Kein Vergleich! Ich wollte ihn nicht machen, ich wollte auch Herr der Erregung werden, die mich ergriffen hatte, und dann erst dem Kinde die verdiente Strafpredigt halten. Ich blieb stehen, wartete, hörte Johanna rufen und ihren Zögling schelten, weil er ihr davongelaufen war.

Am Abend, als Lore schlief, ging ich, wie so oft, zu ihr hinüber, setzte mich an ihr Bett und versenkte mich in ihren Anblick. Auch im Schlafe wechselte ihr Gesichtchen fortwährend seinen Ausdruck. Es begab sich immer etwas in ihrer Gedankenwelt, ihre junge Phantasie ruhte nicht, und die Bilder, die sie dem schlafenden Kinde vorgaukelte, spiegelten sich in seinen lieblichen Zügen. Es lächelte, es zürnte, die feinen Brauen zogen sich zusammen.

«Wen ahmt sie jetzt nach?» fragte ich die Wärterin und sah sie dabei scharf an.

Sie geriet in Verlegenheit, sie war dem Weinen nahe. Du lieber Gott. Sie hatte sich schon alle Mühe gegeben, es dem Kinde abzugewöhnen, aber umsonst. Lorchen entwischte, lief ins Frauenzimmer, in die Küche und führte dort ihre Komödien auf. Niemand war ihr heilig – die Worte trafen mich ins Herz -, nicht die Großeltern, nicht der... Johanna stockte. Und die dummen, abscheulichen Dienstleute lachen über sie, muntern sie noch auf.

Auch Maud erschrak, als ich ihr meine Entdeckung und Johannas Geständnis mitteilte. Aber sie riet: «Keine Ermahnung, keine Strafe; Lore soll nicht wissen, wie schlecht das ist, was sie tut. Wir dürfen den bei ihr so mächtigen Widerspruchsgeist nicht wecken.»

Von nun an ließ Maud das Kind nicht mehr von ihrer Seite. Die Stunden ausgenommen, die ihren Andachtsübungen und ihren Armen gehörten, widmete sie Lore ihre ganze Zeit. Sie gab ihr den ersten Unterricht, und bei diesen Lektionen mußte man Lehrerin und Schülerin sehen! Die eine voll Hingebung an die Sache, von der Wichtigkeit ihres Amtes durchdrungen, die andre mit halbem Ohr hinhörend, immer zerstreut, den Kopf immer von der Tante abgewendet. Sagte die: «Ich bitte dich, Lore, gib acht!», bekam sie zur Antwort: «Sekkier mich nicht, ich geb genug acht!», und wie's zuging, wer könnte das sagen? Das scheinbar so lässige Persönchen hatte alles gehört, alles verstanden, sich alles gemerkt. Sie fand auch Vergnügen an den Unterrichtsstunden; aber wie hütete sie sich, das zu zeigen! Es hätte Maud Freude gemacht, und die sollte keine haben. Sie war ja selbst eine Freudeverderberin mit ihrer fortwährenden Überwachung der Nichte, mit ihrem langweiligen «Tu das, es ist schön, tu das nicht, es ist nicht schön!»

In Ungnade gefallen bei dem Kind, die Tante Maud! Sie teilte das Schicksal aller, für die sich das wandelbare kleine Ding eine Zeitlang fanatisch begeistert hatte – auch *mein* Schicksal.

Meine Tochter liebte mich nicht. Ich wußte es längst. Indessen – lächerlich, so etwas zu sagen! -, ich wußte es und – glaubte es nicht.

Als ich's endlich doch glauben mußte, warb ich um die Liebe meines Kindes, wie man um Liebe nur werben kann. Von Pflicht, von Dankbarkeit nie ein Wort. Sie sollte sich selbst überzeugen, mit ihren eigenen klugen Augen sehen lernen, daß es einen Menschen gab, dem sie und ihr Wohl in Gegenwart und Zukunft alles war. Nichts konnte meine Liebe zu meinem Kind erschüttern. Sie hatte ihre Wurzeln im tiefsten Grund meiner Seele. Väterliche Liebe ist doch noch mächtiger als die Liebe zu einem Weibe.

Lore war sieben Jahre alt geworden, als sie mir zum erstenmal bewies, daß sie des Mitleids fähig sei. Ein Marder, den ich erschossen hatte, flößte es ihr ein. Sie warf sich neben ihn auf die Erde, streichelte, küßte ihn und brach in Anschuldigungen aus gegen mich. «Wie bös bist du, o wie bös! Du hast ihn erschossen, und er war so schön und so jung. Armes Marderl, armes, armes!» klagte sie. «Es ist tot, seine schönen Augen sind tot, es kann nicht mehr herumlaufen, es kann sich sein Fell nicht mehr putzen, sein weiches, feines Fell. Wer hat dir das erlaubt?» schrie sie auf, schlug mit ihrer Faust auf den Boden und funkelte mich mit ihren zornsprühenden Augen an.

Ich zwang sie, aufzustehen, nahm sie bei der Hand, führte sie in den Hühnerhof und zeigte ihr die Verwüstungen, die der Marder dort angerichtet hatte. «Siehst du», sagte ich, «nicht nur erlaubt ist mir's, ein so gefährliches Tier zu töten, ich *muß* das tun, um unsert- und der andern willen. Heute hat es unsre Hennen erwürgt, ihr Blut ausgetrunken und ihre Eier, morgen würde es beim Nachbarn einbrechen. Es ist gut und recht, das Schädliche wegzuschaffen aus der Welt.»

«Das Schädliche?» wiederholte sie. «Nennt man einen Marder das Schädliche?»

«Man nennt in der Jägersprache alle Tiere so, die sich vom Fraße nützlicher Tiere nähren, des guten, armen Federviehs im Haus, im Wald und auf dem Feld, der kleinen Hasen, der jungen Rehe.»

Sie besann sich. Über ihre Stirn flog ein Schatten. Die Augen langsam erhebend, richtete sie ihren erschreckend klugen und durchdringenden Blick zu mir hinauf, und spöttische Schadenfreude lachte aus dem Ton, in dem sie sprach: «Du bist also das Schädliche, und ich bin das Schädliche. Wir essen ja Hühner, Eier, Fasanen, Hasen und Rehe.»

Ich hab ihr nicht geantwortet. Was hätte ich ihr antworten können?

In der Nacht hatte ich einen furchtbaren Traum. Ich lag da, wehrlos und gelähmt an allen Gliedern, und sah einen Marder an mich heranschleichen, mit leisen, leichten Schritten. Es war ein unvergleichlich schönes Raubtier, ich konnt's nicht hassen, ich mußte es bewundern, während es mein Herzblut trank; denn es hatte Lores Augen.

In Angstschweiß gebadet, wachte ich auf...

Maud war, obwohl sie fortfuhr, regelmäßig zu schreiben, lange Zeit ohne Nachricht von ihrer Schwester geblieben. Fast ein halbes Jahr. Endlich, am 12. Mai 18.., kam ein Brief. Die Adresse war von fremder Hand, der eines berühmten Pariser Arztes, der auch ein Krankheitszeugnis geschrieben und beigelegt hatte.

Der Brief war von Edith. Er liegt vor mir, ich habe mich eben wieder in die schattenhaften, hastend und müd hingeworfenen Züge der einst so festen, künstlerisch ausgearbeiteten Schrift versenkt. Der Inhalt lautet:

«Maud, ich richte meinen Brief an Dich, sonst wird er nicht gelesen; ich schicke ein ärztliches Zeugnis, sonst wird mir nicht geglaubt. Du vermagst alles über Franz, bestimme ihn, zu mir zu kommen.

Ich möchte ihn noch einmal sehen vor meinem Tode.

Die Eltern *nicht, Dich auch* nicht. Lore...» Ein Fragezeichen, eine große, leer gelassene Stelle, dann:

«Ich weiß es nicht. Franz soll kommen; er soll nicht Rache dafür nehmen, daß er durch meine Schuld vom Totenbett seiner Mutter ferngeblieben ist. Er soll kommen, es beschwört ihn Edith.»

Karl und Ethel waren bei uns, als dieses Schreiben eintraf. Sie übernahmen es, die traurige Kunde den Eltern mitzuteilen und sie auf alle Fälle abzuhalten, uns zu folgen. Uns, das heißt Lore, Johanna, mir und Maud, die sofort entschlossen war, mitzukommen. Edith konnte vielleicht doch im letzten Augenblick wünschen, Abschied von ihr zu nehmen und ihr eine Botschaft an Vater und Mutter aufzutragen. In zwei Stunden waren wir reisefertig und auf dem Wege zur Eisenbahnstation. Der Kleinen wurde vorläufig das Ziel der Fahrt und auch deren Veranlassung verschwiegen. Sie erriet alles und war während der ganzen Reise von einer ausgelassenen Lustigkeit, die wir an ihr gar nicht kannten. Die sparte sie sonst wohl auf für die Gesindestube.

«Warum bist du so lustig?» fragte ich.

«Nun, weil wir auf der Eisenbahn sind, und ich bin so gern auf der Eisenbahn.»

«Weißt du, wohin wir fahren?»

«Nein», erwiderte sie mit der größten Unbefangenheit, und Johanna platzte heraus:

«Aber Lore, du hast mir doch selbst gesagt: ‹Wir fahren nach Paris.›»

Ich wollte wissen, woher sie das hatte, und sie provozierte förmlich ein Frag-und-Antwort-Spiel und war übermütig und schlagfertig und gab die seltsamsten Einfälle und Beobachtungen zum besten. Maud und ich sahen einander oft ganz verwundert an. Unmöglich, den Spuren der Gedanken nachzugehen, die sich in diesem jungen Kopfe jagten. Und das selbe Kind, das so rasch begriff, für so vieles ein unerhörtes Verständnis besaß, hatte keins für die Gemütsstimmung, in der wir uns befanden, keine Teilnahme, keine Schonung.

«Ich glaube wirklich, du bist lustig, weil du siehst, daß Tante Maud und ich traurig sind», sagte ich, und sie zuckte die Achseln und tollte herum im Waggon, bis der Abend kam und sie einschlief.

«Du kennst die Kinder nicht», versicherte mir Maud. «Sie sind am muntersten, wenn ihre Umgebung übler Laune oder betrübt ist. Es liegt darin eine Art Notwehr, ein Bedürfnis, die Last abzuschütteln, die sich auch ihnen aufbürden möchte und die ihrer innersten Natur widerstrebt. Das haben die meisten Kinder, beobachte es nur.»

Getreue Maud! Sie wußte, daß mir nichts auf Erden einen größeren Trost gewährte, als zu hören: Dein Kind ist wie andre Kinder. Sie wollte mich beruhigen und beruhigte mich.

In Paris stiegen wir im Hotel du Louvre ab, in unmittelbarer Nähe von Ediths Wohnung. ·

Als ich die Meinen installiert hatte und mich anschickte, meinen schweren Gang anzutreten, kam es zu einer Szene, die im Hause peinliches Aufsehen erregte. Lore lief mir nach bis zur Treppe, klammerte sich an mich und schrie, ich müsse sie mitnehmen zu ihrer Mama. Ihre Mama sei in Paris, der Großvater habe es ihr gesagt und die Großmutter (das log sie), und nicht mich, o nein, nicht den Papa, sie, ihre kleine Lore, wolle Mama sehen.

Unter Mitleidskundgebungen des Auditoriums, das ihr Toben um uns versammelt hatte, wurde sie ins Zimmer zurückgebracht.

Als ich vor ein paar Tagen diese Erlebnisse aufzuschreiben begann, war ich ein ruhiger Mensch und mit mir selbst im reinen. Jetzt hat meine Ruhe mich verlassen. Zweifel bedrängen mich. Es taugt doch nichts, in Erinnerungen zu wühlen. Wenn ich nicht so innig und so heiß nach deiner Lossprechung verlangen würde, Freund... aber – mich verlangt nach ihr. Sie ist das Letzte, das ich noch ersehne.

Weiter also!

Der Arzt, ein alter, Verehrung einflößender Mann, empfing mich. Unser Gespräch dauerte nicht lange.

«Keine Hoffnung?»

«Keine.»

«Stündliche Gefahr?»

«Nein, es kann noch einige Tage dauern.»

«Wollen Sie ihr sagen, daß ich da bin?»

«Sie erwartet Sie; sie hat den Augenblick Ihres Eintreffens genau ausgerechnet. Ihr Wegbleiben hätte ihr verhängnisvoll werden können, Ihr Kommen wird ihr wohltun.»

Das Krankenzimmer war groß und hell, die Vorhänge waren weit zurückgezogen. Im Sterben noch brauchte Edith das volle Tageslicht nicht zu scheuen. Wir begrüßten einander stumm. Als ich an ihr Bett trat, griff sie nach meiner Hand und wollte sie an ihre Lippen ziehen; die Kraft dazu fehlte ihr. Lange, forschend, mit strengem Ernst sah sie mir in die Augen.

«Ich sterbe», sprach sie endlich, ganz in ihrer alten Art, das Ärgste zu sagen, ohne bewegt zu scheinen.

Ich behielt ihre Hand in der meinen; ihr Anblick tilgte allen Groll aus meiner Seele.

«Ich habe gebeichtet und kommuniziert», sagte sie; «ich habe auch die letzte Ölung empfangen, Gott hat mir verziehen, verzeih mir auch. Ich verzeih dir.»

«Du verzeihst mir – und was?»

«Ich verzeih dir, daß du mich nicht geliebt hast...»

«Edith!»

«Nicht genug geliebt, nicht so, wie's mich gerettet hätte. Deine Liebe hätte nicht sein dürfen wie die eines Mannes zu einem Weibe – sie hätte sein müssen grenzenlos, göttlich, wie die des Heilands für die Sünderin, für den armen Zöllner. Vorüber... Verzeihen wir einander.»

«Ja! ja!»

«Du liebst mich gar nicht mehr?»

«Du tust mir unsagbar leid.»

«Wirst du bei mir bleiben, bis ich sterbe?»

«Du wirst nicht sterben», sagte ich, wie jeder Teilnehmende zu jedem Sterbenden sagt, und bemühte mich, ihr Trost zuzusprechen. Ich sagte ihr auch, daß Maud und das Kind mich begleitet hätten.

Sie bäumte sich auf: «Du hast Maud mitgebracht? Das tust du mir an?»

«Edith, wie versündigst du dich an ihr und an mir. Ich schwöre...»

«Laß nur – ich hab ja gar kein Recht.»

«So willst du sie nicht sehen?»

«Nein! nein!»

«Und das Kind? Es sehnt sich so sehr nach dir.»

«Liebt es mich denn?... Es soll kommen.»

Ich schickte hinüber. Maud geleitete die Kleine bis zur Tür des Krankenzimmers, kniete dort nieder und betete.

Lore war in die Wohnung Ediths eingezogen wie im Triumph. Ihr Gesichtchen strahlte vor Glück. Sie sah sich um in den reich geschmückten Räumen, sie schwelgte in Wohlgefallen an dem Luxus, der hier herrschte. Beim Anblick ihrer in Spitzen und Seide gehüllten Mutter stieß sie einen Schrei der Bewunderung aus und eilte auf sie zu.

Edith blieb regungslos und starrte sie an: «Mein Gott... Franz... das arme Kind», murmelte sie.

«Ich bin nicht arm, ich bin bei dir!» rief Lore, «und bleibe bei dir immer, immer!»

Es war schrecklich. Das Kind vermochte nicht, ihr *eine* mütterliche Regung abzugewinnen. Und wie die Kleine sich mit leidenschaftlicher Zärtlichkeit an sie schmiegte und die Sterbende mit geheimem Grauen zu ihr niederblickte, überlief's auch mich; ich mußte der Worte Ediths gedenken: «Das bin ja ich, das bin noch einmal ich.»

Viel Selbstüberwindung kostete es sie, ihre Tochter zu küssen und zu segnen. «Werde anders», sprach sie und legte ihr die Hand aufs Haupt, «werde anders als deine Mutter. Leb wohl. Sie soll fort, Franz, und du bleib bei mir.»

Lore bat nicht mehr, sie weinte auch nicht. Sie biß die Zähne zusammen, und ein Ausdruck von unaussprechlicher Bitterkeit verzog ihren Mund. Sie ging, und ich – hätte ihr nacheilen mögen...

Aber ich blieb den ganzen Tag, die ganze Nacht und noch einen Tag und noch eine Nacht. Edith ist schwer gestorben. Herr, mein Gott, du hast eine Entschädigung für alle Leiden des Lebens, du hast ein Zeichen der Vergebung für alle Schuld. Herr, mein Gott, gönne jedem einzelnen des gequälten Menschenvolkes diese Entschädigung, gib jedem dieses Zeichen – schenke jedem einen sanften Tod.

Meine Schwiegereltern fanden im ersten Augenblick einen Trost in dem Gedanken, daß Edith losgesprochen von ihren Sünden und versöhnt mit Gott gestorben war. Dann aber kam die Reue. Sie nahmen den größten Teil des Unrechts, das ihre Tochter im Leben begangen hatte, auf sich. Edith wäre anders geworden, wenn sie ihr mehr Liebe gezeigt hätten, meinten sie. Dieser Selbstvorwurf vergällte ihnen ihre letzten Jahre.

Es fiel mir auf, daß Karl und Ethel ihre Kinder nicht mehr nach Niedernbach mitnahmen und mich auch nicht mehr aufforderten, Lore zu ihnen zu bringen. Warum? Ich ließ Ausflüchte nicht gelten, fragte ganz bestimmt: «Meint ihr, daß Lore einen schlechten Einfluß auf eure Kinder nimmt?» – «Sie sind ihr zu klein, zu gering, sie neckt und quält sie, ist auch für sie viel zu gescheit, weiß zu viel», lautete die so schonend als möglich hervorgebrachte Antwort. «Laß einige Jahre vorübergehen, der Unterschied im Alter wird sich dann weniger geltend machen. Ganz ehrlich» – damit kamen sie zuletzt heraus -, «es würde einem manches an ihr nicht auffallen oder man würde ihm keine Bedeutung zuschreiben, wenn sie nicht Ediths Tochter wäre.»

Zu gescheit! Lieber Gott, ihre Gescheitheit wäre mir feil gewesen um ein wenig Unbefangenheit, Gedankenlosigkeit, um einen Hauch Wärme und Liebe... Und: wenn sie nicht die Tochter Ediths wäre! Sie hatte es also schon angetreten, das mütterliche Erbe – die vorgefaßte Meinung... Wenn ihre Nächsten sich von diesem Vorurteil nicht befreien konnten, was hatte das Kind von der Nachsicht Fremder zu erwarten? Ein namenloses Mitleid erfüllte mich...

Der Blick getrübt, die Hand unsicher. Ich spähe, ich taste, statt zu schauen, zu greifen. Die Farben des düstern Bildes, das ich zu malen unternommen habe, weil ich mußte, weil ich nach Befreiung lechze, schwimmen ineinander. Hilf nach, wo mein Können versagt! Ordne, stell alles an seinen rechten Platz, wo ich verworren werde!

In dem Jahre, in dem Lore ihren vierzehnten Geburtstag beging, schieden meine guten Schwiegereltern aus dem Leben. Mein Schwiegervater ging zuerst, seine Frau starb ihm nach. Buchstäblich. Man stirbt nicht aus Gram, sagen die Leute. Sie sollten sagen: Es stirbt nicht aus Gram, wer will; den ersten besten trifft's nicht, man muß dazu etwas Rechtes sein. Ich scheine zu jenen ersten besten zu gehören. Beim Tode ihres Großvaters war Lore ganz gleichgültig geblieben. Während ihre Vettern und Basen, die großen und die kleinen, in Tränen schwammen, verbarg sie die Freude nicht, die ihre Trauertoilette ihr machte. Maud sagte nicht mehr: «Das ist Kinderart», sie sagte: «Lore ist ebenso ergriffen wie die andern, sie will's nur nicht zeigen.»

Sie hatte den Toten durchaus nicht sehen und ich hatte sie dazu nicht zwingen mögen. An den Sarg ihrer Großmutter führte ich sie trotz ihres Widerstrebens. Die schöne alte Frau in ihrer tiefen Ruh bot ein edles Bild des Friedens. Der Anblick machte auf Lore keinen andern Eindruck als den einer angenehmen Überraschung. Ich kannte sie nicht ganz, aber doch genug, um ihr den Gedanken vom Gesicht abzulesen: Sieh nur, der Tod ist nicht so häßlich, wie ich geglaubt habe.

«Niederknien!» flüsterte ich ihr zu. Es waren Leute im Sterbezimmer. Sie sah zu mir hinauf mit ihrem ewig verneinenden, ewig rebellischen Blick; er sagte: Ich knie nicht, ich weine auch nicht. Du willst es, ich weiß recht gut, du willst, daß ich weine, aber ich weine nicht. Der Zorn übermannte mich. Ich legte die Hände auf ihre Schultern und zwang sie nieder. Ihre Muskeln waren wie aus Stahl, sie stemmte sich mit ihrer ganzen Kraft... Heute noch fühl ich den zarten, jungen Leib mit Widerstreben und schmerzlichem Zucken nachgeben unter der Wucht meiner Hände.

Lache mich aus! Ich fühle auch noch, wie damals der Haß des Kindes mich anfiel wie etwas Körperliches und mir zuraunte in lautloser Sprache: Mich überwindest du nie.

Am Abend beim Gutenachtwünschen sagte sie: «Du hast mich gezwungen zu knien, du bist der Stärkere; aber nur meine Knie haben sich gebeugt. In Wirklichkeit beuge ich mich vor keinem Menschen mehr, das habe ich meiner toten Mutter *auf den Knien* versprochen.»

Ich ermüdete nicht im Kampf um diese Seele. Die Nachsicht hatte sich ohnmächtig erwiesen, nun wurde ich streng, streng bis zur Härte.

Sie war immer geistig rege gewesen und blieb es auch. Ihre Gedanken arbeiteten rastlos. Wer ihr aber zumutete, diese Gedanken auf ernste Dinge zu richten, erschien ihr als eine komische Person. Darin glich sie ihrer Mutter und den allergewöhnlichsten Weibern. Das Interesse, das Lore als Kind, ohne es zu wissen und zu wollen, an ihrem Studium genommen hatte, schwand mit den Jahren immer mehr. Sie lernte unglaublich leicht und unglaublich flüchtig. Wenn ich staunte, wie rasch sie vergaß, was sie eben erst gewußt hatte, lachte sie triumphierend.

«Ich wüßt's, wenn ich mir's merken wollte; ich will mir's aber nicht merken. Wozu?» sagte sie mir einmal in einem Anfall von Aufrichtigkeit. «Atme ich lieber und leichter, wenn ich weiß, woraus die Luft besteht? Gefallen mir die Sterne, die Blumen, die Bäume, die Berge und Flüsse besser, wenn man mich in die Intimitäten ihres Privatlebens einführt? Und die Geschichte, mit der ihr mich plagt! Die alte ist gewiß nicht wahr, und die neue erlebe ich. Ich lebe, lebe, will leben, nur leben, mich freuen, mich unterhalten, glücklich sein!»

Als sie so sprach, hatte sie kürzlich ihr sechzehntes Jahr erreicht. Wir standen auf einer Wiese im Garten. Es war ein sonniger Frühlingsmorgen. Die Erde, das feine, üppige Gras, das junge Laub, die jungen Blüten dufteten, der Wasserfall rauschte, die Vöglein sangen ihre verbuhlten Lieder. Und mein Kind, in seinem Trotz und Liebreiz, erschien mir wie eine Verkörperung der blinden, brutalen Lebens- und Triebkraft, die nichts will, das heißt nichts muß, als sich durchsetzen, und dabei nebenher alle die Licht-, Duft-, Klangerscheinungen hervorruft, die uns entzücken.

Eine Libelle kam vom Teiche her geschwirrt und rastete auf einem Grashalm. Vorsichtig hob Lore den Fuß und zertrat sie. «Warum tust du das?» fragte ich. «Weil sie mich ärgert; sie darf tun, was sie will – ich werde wie eine Sklavin gehalten.»

«Aber wartet nur, meine Zeit kommt», hatte sie offenbar hinzusetzen wollen. Es schwebte ihr auf den Lippen. Ich sah's, ich kannte sie so gut. Doch besann sie sich und schwieg und lächelte mich mit spöttischer Drohung an.

Damals hatte sie angefangen, ihr großes musikalisches Talent mit leidenschaftlichem Eifer auszubilden. Ihre Lehrerin war einst eine sehr gefeierte Künstlerin gewesen. Durch eine unglückliche Heirat ins tiefste Elend gebracht, fand sie in meinem Hause eine Zufluchtsstätte und an Maud eine Freundin. Unsere Absicht war, sie bei uns absterben zu lassen, geschützt vor Armut und Not und vor den Erpressungen ihres nichtsnutzigen Mannes.

Lore hatte anfangs Abgötterei mit ihr getrieben und in hellem Entzücken über ihr geniales Klavierspiel mehr als einmal ausgerufen: «So spielen wie Frau Mitter und dann sterben!» Aber sie spielte nicht wie Frau Mitter. Sie spielte wie das frühreife, leidenschaftlich veranlagte Kind, das sie war. Ihr ganzes, zugleich kaltes und unbändiges Naturell kam zutage in ihrem Spiele, damals schon – und später erst... Am Klavier ließ ihr scharfer Verstand sie im Stiche, und sie verriet von ihrem eigensten Wesen mehr, als sie wollte. Große Kälte bei großer Sinnlichkeit. Eine unvergleichliche Kunst,

Feuer anzulegen, ohne selbst Feuer zu fangen. Moralische Mordbrennerei.

Um wie vieles schlechter war sie doch als ihre Mutter, die nicht nur hinriß, die sich hinreißen ließ, hingerissen werden konnte.

Ich setzte die Zahl der Stunden fest, die sie der Musik widmen durfte, und wies Frau Mitter an, den Unterricht auf das Studium der Klassiker zu beschränken. Sie tat es, und ihre Schülerin rächte sich dafür. Sie setzte ein System von kleinen raffinierten Quälereien ins Werk, die sich nicht bezeichnen, also nicht rügen ließen. Scheinbar harmlose, in Wirklichkeit bis aufs Blut verletzende Anspielungen, fortwährende Mißverständnisse. Sie brachte die Unglückliche dahin, das Haus zu verlassen und in ihre jammervolle, immer bedrohte Existenz zurückzukehren. Natürlich brachten Maud und ich die alte Dame in Sicherheit; davon aber erfuhr Lore nichts. Maud versuchte eine Regung der Reue in ihr zu wecken und sagte ihr eines Tages plötzlich: «Du hast sie vertrieben; sie wird im Elend untergehen durch deine Schuld.» Aber das Kind ließ sich nicht verblüffen, war gleich bei der Hand mit seiner rohen und altklugen Weisheit: «Warum soll sie nicht einen andern Platz finden? Es gibt noch mehr Leute, die Klavierlehrerinnen brauchen.»

Bald darauf kam eine Zeit, in der sie Fügsamkeit heuchelte. Sie wurde freundlich gegen mich, aufmerksam gegen Maud. Sie protestierte nicht mehr gegen die «eiserne Fuchtel», wie sie sich ausdrückte, unter der ich sie hielt. Sie ließ sich meine Wachsamkeit gefallen und spottete ihrer und durfte ihrer spotten, denn trotz all und allem wußte sie sich ihr zu entziehen. Das einzige, was sie wohl je wirklich geliebt hat, war das Böse. Weil sie aber nicht treu sein konnte, war sie auch dem Bösen manchmal untreu.

Sie hatte Anwandlungen von Frömmigkeit, sie, die Skeptikerin, die an nichts glaubte als an sich, an die Macht ihrer Schönheit und ihres Liebreizes. Manche Menschen hielten sie für gut. Sie hatte eine kühle, überzeugte Art zu schmeicheln, die dem Geschmeichelten wunderbar einleuchtete. Den Spott, der ihr dabei tief innerlich falsch aus den Augen blickte, auf den Lippen tanzte, sah nur ich.

Ich habe noch nicht gesagt, daß Lore einen Spielgefährten gehabt hat, den Sohn unsrer Johanna. Er wuchs in meinem Hause auf; sein Vater, einer meiner Beamten, war früh gestorben. Er hieß oder vielmehr heißt, er lebt ja noch – im Irrenhause -, Rupert. Ein stämmiger, wilder junge, die verkörperte Unbotmäßigkeit gegen seine Umgebung; aber vor Lore mußte ich ihn schließlich retten, wie ich ihre Hunde und Vögel vor ihr hatte retten müssen. Es gab immer Streitigkeiten zwischen den beiden Kindern, und immer endigten sie mit der Unterwerfung des älteren, starken Buben unter die Tyrannei des kleinen Mädchens. Ein gutes Wort, eine Liebkosung, und er lag auf dem Boden und setzte ihr Füßchen auf seinen Nacken – tat es faktisch.

Sein höchster Wunsch wurde erfüllt, als Johanna ihm erlaubte, Soldat zu werden. Er hat sich brav gehalten und in den Militärschulen immer zu den Vorzugsschülern gehört. Wir ließen ihn während der Erziehungszeit selten nach Niedernbach kommen; seine Mutter brachte die Ferien meist auf kleinen Reisen mit ihm zu. Als er aber Leutnant geworden war und sich als solcher bei uns präsentieren wollte, mochte ich ihm nicht die Tür weisen.

Er war ein hübscher Bursch geworden, etwas klein zwar und untersetzt, sah aber vortrefflich aus in seiner neuen Jägeruniform. Sein etwas zigeunerhaftes Gesicht, seine braunen Augen hatten einen Ausdruck von männlicher Willenskraft und Energie, der mir gefiel. Die Gunst Mauds errang er nicht. Sie sagte: «Der ist vierhundert Jahre alt, der kommt aus der Holkischen Bande und nicht aus der Militärakademie.»

Anfangs benahm er sich Lore gegenüber sehr gemessen im Gefühl seiner jungen Würde. Allmählich stellte das alte Verhältnis zwischen ihnen sich wieder her. Einmal luden wir ihn zu Tische, Maud und ich, und wollten, daß auch seine Mutter mit uns speise. Sie war nicht dazu zu bewegen. «Was mein Sohn, der Leutnant, an Ehren erfährt, ist für mich Ehre genug», erwiderte sie. Und wir konnten froh sein, daß sie unsre Einladung nicht angenommen hatte und nicht Zeuge der Grausamkeit sein mußte, mit der ihr Rupert von Lore behandelt wurde.

Er aß, wie die Zöglinge unsrer Militärschulen zu essen pflegen, zerschnitt sein Brot, führte sein Messer zum Munde, fiel über sein

Roastbeef her und legte es in Stücke. Lore verfolgte jede seiner Bewegungen mit gespannter Aufmerksamkeit und fing an, ihm alles nachzumachen. Höchst diskret, ohne Übertreibung. Plötzlich legte sie Messer und Gabel hin und sprach laut und langsam: «Sie, meine Hund' haben schon gegessen. Wissen Sie, Rupert, wer das gesagt hat?» – «Nein», erwiderte er betroffen. «Ein Feldmarschalleutnant zu einem Leutnant, der das Fleisch just so geschnitten hat wie – ich.»

Er wußte nicht, was antworten; er wußte auch nicht, was tun. Auf einen Wink Lores redete ihn die französische Lehrerin – auch eine der weißen Sklavinnen meiner Tochter – in ihrer Sprache an. Und er ging ganz naiv in die Falle und gab ein Französisch zum besten, das entsetzlich war. Selbst Maud hatte Mühe, ihren Ernst zu bewahren. Und Lore traf sogleich Ruperts Ton und wiederholte die Ungeheuerlichkeiten, die er sagte, und hob jeden unliebsamen Doppelsinn hervor, ohne eine Miene zu verziehen, indes die Französin sich vor unterdrücktem Lachen wand.

Er begriff endlich, daß man ihn zum besten hatte, und in ihm kochte der Zorn. Zehn Jahre lang heiß nach einem ehrenvollen Ziel gestrebt, es erreicht haben und dort ein junges Ding finden, das einen auslacht, weil man nicht so ißt und nicht so spricht, wie es in dem Kreise des jungen Dings üblich ist, das brächte wohl den Ruhigsten aus dem Geleise. Wie denn nicht diesen nur halb geleckten Bären? Ich konnte kaum den Augenblick erwarten, in dem Maud die Tafel aufhob, winkte Lore heran und befahl ihr leise, auf ihr Zimmer zu gehen und dort den Rest des Tages zu bleiben. Sie wandte sich an Rupert und erwiderte laut: «Sehen Sie, Herr Leutnant, ich bekomme Zimmerarrest, weil ich Sie geneckt habe bei Tische. Mein Vater diktiert mir noch Strafen wie einem kleinen Mädchen.»

Mit unbefangener, höchst drolliger Überlegenheit ging sie auf ihn zu, reichte ihm beide Hände und sprach: «Bitten Sie mich wenigstens für morgen los, und nichts für ungut, Spielkamerad.»

Er faßte ihre Hände und drückte sie, daß sie sich auf die Lippen biß vor Schmerz. Als er das sah, stieg ihm die heiße Röte der Bestürzung ins Gesicht. Er zitterte; er hätte sich vor ihr auf den Boden niederwerfen mögen wie ehemals. Er war noch der selbe, leidenschaftlich und unfähig der Selbstbeherrschung und der Verstellung.

Erbliche Belastung? – Possen! Seine Mutter die langmütige Unterwürfigkeit selbst. Wenn es keine «Herrschaften» mehr geben wird, solche Leute werden sich welche aus einem Bund Stroh zusammenflechten. Sein Vater ein tabakschnupfender fischblütiger Pedant, den nichts aus seinem Gleichmut brachte, der sich weder freuen noch ärgern konnte.

Und dann wieder: Es gibt *keine* erbliche Belastung? – Possen! Edith wiederholte sich in jedem Blutstropfen ihres Kindes. Lores Fehler waren die Fehler ihrer Mutter, nur zur Potenz erhoben... Die Falschheit zum Beispiel. Das wenige Gute freilich fehlte. Lore war einer großen Liebe unfähig. Bei ihr schlich sich überall Berechnung ein. Wie sie so geworden? Nein, nicht geworden, sie war so geboren, hat sich ihren innersten Gesetzen gemäß entfaltet, wie es in ihrer urkräftigen Natur lag, allen äußeren Einwirkungen zum Trotze. –

Rupert war nicht geheilt von seiner Anbetung für sie, und sie sorgte dafür, daß er's auch nicht wurde. An diesem Menschen hat sie ihre ersten Studien gemacht in der Kunst, sich andere zu unterwerfen. Es war ein erster Waffengang mit einem schwachen Gegner.

Nach acht Tagen blieb mir nichts übrig, als der armen Johanna zu sagen: «Ihr Sohn muß fort.» Sie weinte bitterlich, aber sie gab es zu, tadelte nur ihn. «Warum ist er auch so ein Narr! Was bildet er sich ein, der Narr!»

Der Unglückliche schrieb an Lore, und sie brachte mir den Brief... lachend, wie nur sie lachen konnte. Du warst entsetzt, daß sie lachte, und ihr Lachen gefiel dir doch.

«Eine Erklärung in Militärgeschäftsstil», sagte sie, und wirklich war's ein wunderliches Schriftstück. So blutjunge, heiße, ehrliche, geschmacklos ausgedrückte Leidenschaft, sie brannte manchmal lichterloh durch das Phrasengedrechsel hindurch.

Sie hatten Abschied genommen, und er hatte sie geküßt. Sie gab das zu mit der größten Unbefangenheit. «Er ist ja der Sohn meiner Johanna, und ich bin noch ein kleines Mädchen; als ein solches wenigstens werd ich behandelt.» Der Kuß des «kleinen Mädchens» hatte ihn toll gemacht. Er fühlte sich gefeit, geweiht, es gab nichts Unerreichbares für ihn. Ein Eroberer, ein zweiter Napoleon wollte er werden, und Lore dann zu sich erheben.

Und sie lachte und sagte verächtlich: «Der dumme, dumme Rupert, und wie frech er ist!» Sie begriff völlig, daß er um seiner Dummheit und Frechheit willen noch werde viel leiden müssen, und fand, es geschehe ihm recht.

Die Menschen hinter sich her schleifen, am Leitseil eines Verlangens und einer Sehnsucht, die man nie zu stillen gedenkt, mißhandeln, quälen und dafür vergöttert werden und unumschränkt herrschen über alle – so dachte sie sich ihre Zukunft. Und so schien sie sich auch gestalten zu wollen. Um diese Zeit war's, wenn ich nicht irre, daß Mauds verändertes Benehmen gegen mich mir zuerst auffiel. Sie vermied, mit mir allein zu sein, sie wurde noch zurückhaltender und kühler, als es ohnehin in ihrer Art lag. In ihrer Art, nicht in ihrem Wesen. Sie fühlte tief und warm und treu. Sie sprach wenig, aber sie tat viel; sie bedauerte nicht, aber sie half. Daß sie frommer wurde von Jahr zu Jahr, das ist die einzige Veränderung, die ich an ihr wahrgenommen habe im Laufe der Zeit. Auch ihr Äußeres veränderte sich wenig. Sie alterte, aber sie gehörte zu den seltenen Ausnahmen unter den Frauen, die auch im Alter schön bleiben.

Es war schon öfters vorgekommen, daß Lore, wenn sie mich im Salon Mauds wußte, eintrat, irgendeine Frage stellte und regelmäßig hinzufügte: «Ich gehe gleich wieder, ich will nicht stören.»

Dabei richtete sie einen Blick auf Maud, unter dem diese regelmäßig errötete.

Einmal rief ich Lore auf mein Zimmer und stellte sie zur Rede. Sie hatte ihre Antwort so bereit, daß mir schien, sie habe nur gewartet auf die Gelegenheit, sie anzubringen.

«Die Tante», sagte sie, «hat mir Vorwürfe gemacht wegen meiner Gefallsucht. Das hätte sie sich schenken können. Ich will der Welt, die mir gefällt, gefallen. Ich bin ihr Kind, ein Weltkind, keine Fromme. Ich bin auch keine Heuchlerin wie die fromme Tante Maud.»

«Wie Tante Maud?»

«Die Eifersucht auf sie hat meine Mutter aus dem Hause getrieben. Meine Mutter hat ihr nicht einmal auf dem Sterbebett verziehen...»

«Lore!» schrie ich sie an.

Mit Entsetzen, mit Verzweiflung blickte ich in den Abgrund von Schlechtigkeit in dieser jungen Seele. Worte fand ich nicht. Sie feierte einen abscheulichen Triumph.

«Tante Maud ist von jeher in dich verliebt gewesen!» fuhr sie fort, nachlässig, als ob sie von den gleichgültigsten Dingen spräche. «Alle Leute wissen es.»

Ich hatte schon die Hand gegen sie erhoben; ich hätte sie zerschmettern können, ja – mögen... Ich nahm mich zusammen, wie so oft! wie immer! und wies ihr stumm die Tür.

Vieles wurde mir jetzt erklärt, das mir früher flüchtig aufgefallen war, ohne mich weiter zu beschäftigen. Allerlei Fragen, Anspielungen. Und wer hatte die Gerüchte, die Mauds Frauenehre befleckten, in Umlauf gesetzt? Das Kind – ich zweifelte keinen Augenblick daran -, das Kind, das ihr so viel verdankte.

Damals hatte Maud unter einem schlecht gewählten Vorwand – sie verstand sich nicht aufs Lügen – mich verlassen wollen. Ich sprach offenherzig mit ihr und bestimmte sie, auf dem Posten zu bleiben, den sie selbst erwählt hatte. «Man muß die Verleumdung niederleben», sagt ein englisches Sprichwort.

Sie hat treu bei mir ausgeharrt, meine edle Schwester Maud.

Mein Schwager und Ethel wohnten auf dem Gute meiner verstorbenen Schwiegereltern, und nach wie vor wurde dort Gastfreundschaft im großen Stile geübt. An Umgang das Beste zu haben, was es gibt, war das Ehepaar immer bestrebt und verstand es vortrefflich, Angehörige der verschiedensten Stände, Berühmtheiten und Kapazitäten aller Art um sich zu versammeln und jeden auf den Platz zu stellen, auf dem er sich am behaglichsten fühlte, sich am besten ausnahm und von dem aus er die anderen im besten Lichte sah.

Sie scherzten selbst über ihre «Löwenjägerei». Ich sehe noch, wie fröhlich und stolz uns Ethel eines Nachmittags entgegenkam und uns mit den Worten begrüßte. «Ein großer Fang ist uns gelungen. Werner Klar ist da und bleibt einige Wochen bei uns.»

Du kennst den Mann, dessen wahren Namen zu nennen mir widerstrebt. Er hat einen Weltruhm errungen. Damals begannen die Sehenden unter seinen Freunden und Feinden schon zu ahnen, daß er ihn erringen werde. In jeder Hinsicht ein Auserwählter und Begnadeter, hat er die Not des Lebens nie gekannt. Er ist auf Händen getragen worden von seiner hochgebildeten und wohlhabenden Familie. Er ist nicht durch die Schulen gegangen, er ist im Triumph durch die Schulen gezogen und hat nebenbei immer etwas «ernstlich» getrieben. Musik zum Beispiel oder Malerei oder alle Arten von Sport. Daß auch in dieses glanzvolle Leben ein schwerer Schatten von Schmerz und Schuld fiel, dafür hat Lore gesorgt, und er hat ihr ein Denkmal gesetzt, das sie und – freilich auch ihn verherrlicht. Der große Philologe hat ein kleines Epos geschrieben, in dem die Tote im verklärten Bilde weiterlebt.

Heute noch wird jede Frau, wenn sie nicht ganz schwachen Geistes ist, stolzer darauf sein, seine Aufmerksamkeit zu wecken als die eines ganzen Zimmers voll Modeherren. Er ist heute noch ein Urbild männlicher Schönheit, und noch machen Maler und Bildhauer Jagd auf ihn. Zu jener Zeit lag auf seinen feinen, von Geist durchleuchteten Zügen der ganze Schmelz der Jugend...

Er war keine sinnliche Natur; die Frauen hatten bisher in seinem Leben nur Nebenrollen gespielt. Er liebte den Umgang mit ihnen, ließ sich ihre Schmeicheleien und Huldigungen gern gefallen. Einfluß nahmen sie auf ihn nicht.

Er war ein entzückender, selbst die Stumpfsinnigen hinreißender Gesellschafter. Es verstand sich von selbst, daß er nur in einen Kreis zu treten brauchte, um sogleich sein Mittelpunkt zu werden. Dabei war er durchaus nicht liebenswürdig. Liebenswürdigkeit bedingt eine gewisse Unterordnung dem Wert, der Stellung, der Ansicht anderer gegenüber. Unterordnung jedoch kannte er nicht. Er fühlte sich hoch erhaben über allen Anwesenden und dachte nicht daran, es zu verbergen, und weder Männer noch Frauen fühlten sich dadurch gedemütigt, alle bewunderten und liebten ihn.

Als Lore und er einander zum ersten Mal entgegentraten und mit befremdeten Blicken maßen, das war merkwürdig.

«Also diesen langen Gelehrten da zu haben, soll Ehre sein und Glück?»

«Also diesem kleinen Mädchen soll man nicht ungestraft in die Augen sehen können?»

Lore ist aus dem Leben gegangen, ohne eine noch so flüchtige Regung des Gefühls gekannt zu haben, das den Menschen am höchsten adelt – der Verehrung.

Das Genie Werner Klars, die großen Gedanken, die er aussprach, imponierten ihr nicht; was sie bezwang, das war seine Schönheit, sein Witz, seine Geschicklichkeit. Beim Fechten, beim Pistolen- und Bogenschießen, beim Wettrudern auf dem Teiche war er der Sieger, immer er. Und daran hatte er eine kindische Freude, erwartete Komplimente und forderte sie heraus. Er hielt sich für einen guten Reiter – aber mit Unrecht, in dieser Kunst hatte er's nicht weit gebracht. Lore machte ihm eine spöttische Bemerkung darüber, und nun mußte mein Schwager ihn täglich auf der Reitschule vornehmen und abrichten wie einen Rekruten. Diesen Menschen!

Ethel ärgerte sich darüber – «Er ist nur unter der Bedingung gekommen, daß ihm nicht der geringste Zwang auferlegt werde in der Verwendung seiner Zeit, und jetzt verliert er alle Vormittage ein paar Stunden, um es im Reiten doch nicht weiter zu bringen als das gewöhnlichste Offizierlein.»

Was mir an Werner Klar immer gefallen hat, war, daß sein eigenes Interesse geweckt wurde, sobald er bei jemand anderem ein Interesse für etwas Ernstes fand, mochte es sich nun um das Abc einer Wissenschaft oder um ihre schwierigsten Probleme handeln. Er war schon sehr verliebt in Lore, und sie war's noch mehr in ihn, als er einmal während eines ganzen Abends mit einer alten gelehrten Philosophin von der Weltentstehungslehre, ich weiß nicht mehr welches griechischen Denkers, gesprochen hat.

Er schien sich der Anwesenheit Lores erst zu erinnern, als wir uns verabschiedeten.

Im Wagen sagte sie dann: «Dieser Werner Klar ist der größte Geck. Ich hasse ihn.» Du liebst ihn, dachte ich und segnete diese Liebe und hoffte, hoffte auf sie.

Standesvorurteil? Plunder für einen in meiner Lage. Nur keine Verantwortung mehr haben, nur erlöst sein. Ich erwartete jeden Tag, daß er kommen und sich erklären würde, aber er kam nicht und liebte sie doch und wurde wiedergeliebt. Er verriet sich manchmal durch ein rasches, unwillkürliches Aufglühen in seinen Augen, durch die selig triumphierende Art, in der er sie ansah. Sie verriet sich nie; sie war auch nie schöner, nie umworbener als in dieser Zeit. Über ihr Wesen waren alle Zauber der Anmut und Holdheit ergossen, sie schwelgte in Freude an sich selbst... Wer hat damals nicht gerungen um ihre Gunst? wer von allen, die Aufnahme fanden im gastfreien Hause meines Schwagers? Sie entmutigte keinen, sie ließ jedem einen Schimmer von Hoffnung, bis er sie aussprach. Dann war er gerichtet und konnte seiner Wege gehen, leichter oder schwerer verwundet. Nicht alle sind genesen. Da war einer, der einzige Sohn armer Eltern, ihr ganzes Glück, ihre ganze Hoffnung – genug! Unheil und Schuld bezeichnen den Weg, den Lore gegangen ist in ihrem kurzen Leben.

Auf einmal hieß es: Werner Klar unternimmt eine wissenschaftliche Reise nach Indien, und es ist so gut, als wäre er schon fort, man sieht ihn nicht mehr. Seine Wirte haben ihm einen Pavillon am Ende des Parks eingeräumt, und er kommt nicht einmal zu den Mahlzeiten ins Schloß, treibt vorbereitende Studien zu seiner Gelehrtenfahrt.

Eines Tages kommt Fürst Emil Nordhausen, ganz bewegt, ganz ergriffen, der ruhige Mensch, und wirbt um die Hand Lores und hat ihr Jawort.

Du kennst auch den, du weißt von dem jahrelangen Verhältnis, in dem er zu einer liebenswürdigen Frau gestanden hat. Wenn der Ehebruch sich entschuldigen läßt, in dem Falle war er entschuldigt. Sie schmählich verlassen, er frei. Ihren nach menschlichen Gesetzen unrechtmäßigen Bund hat die Treue geheiligt. Nach dem Tode noch hat er sie der Vielgeliebten bewahrt – bis sein Unstern ihn Lore begegnen ließ.

Also, wie gesagt, er kommt, der ernste, besonnene Mensch kommt glückstrahlend und wirbt bei mir um meine Tochter; mit ihrer Zustimmung wirbt er. Das war kurz nachdem Werner Klar sein Einsiedlerleben angetreten hatte.

«Mit ihrer Zustimmung?» fragte ich, und wie er mein Staunen und Zögern sah, wurde sein ehrliches Gesicht rot bis an die Haarwurzeln. «Was hast du dagegen? Findest du mich zu alt für sie? Ich bin jünger als mancher Junge» und er richtete seine Hünengestalt stolz auf. «Es fällt mir nicht ein, zu glauben, daß sie in mich verliebt ist. Liebe fordere ich nicht. Ihre Sympathie und ihr Vertrauen schenkt sie mir.»

So dumm sind wir. Liebe nicht *fordern*. Damit glauben wir etwas Großmütiges und Uneigennütziges zu tun. Was du nicht «forderst», fordert des Weibes innerste Natur.

Ich ärgerte mich und war doch gerührt – von dem Ausdruck seiner Augen. Große Hunde von edler Rasse sehen einen manchmal an, unaussprechlich traurig, ergreifend vorwurfsvoll. Jeder Hundefreund kennt den Blick. Schau nur recht, du findest ihn manchmal bei ganz guten, ehrlichen Menschen.

«Nein, lieber Freund, du bist nicht zu alt, und sie ist noch sehr jung», gab ich ihm zur Antwort, «und deshalb habt ihr Zeit zu warten. Man heiratet nicht Hals über Kopf, man lernt einander kennen. Du kennst Lore nicht.»

Er sie nicht kennen! Da kam ich ihm recht! Er wollte Lore besser kennen als irgend jemand, besser jedenfalls als alle, die ihr zu Füßen lagen. Von denen ließ sie sich huldigen, ja, das tat sie. Ihr Vertrauen besaß er allein. Er wußte alles von ihr, auch von ihrer Schwärmerei für Werner Klar. Von dem war sie geblendet gewesen beim ersten Anblick. Er wäre ihr auch gefährlich geworden, wenn er's dabei gelassen hätte, bei dem einmaligen Blenden. Das aber genügte seiner Eitelkeit nicht, und in einem Zustande immerwährenden Geblendetseins leben hielt Lore für ein zweifelhaftes Glück.

«Ich bin ihrer sicher!» rief er aus. «Eine erste Schwärmerei hat nichts zu bedeuten. Welcher noch so heißgeliebte Mann darf sich rühmen, der erste zu sein, für den seine Frau geschwärmt hat? Und wenn er sie aus der Kinderstube wegheiratet, mit irgendeinem Prince charmant ist ihre Phantasie schon beschäftigt gewesen, mag er ihr nun in Gestalt eines Unerreichbaren erschienen sein, der sein Viergespann an ihrem Fenster vorbeikutschiert, oder in der ihres Klavierlehrers.»

Er geriet immer mehr in Eifer, und ich hörte ihm zu und bewunderte – den Verstand meiner Tochter. *Sie* redete aus ihm; er sah und dachte, wie sie wollte, daß er sehe und denke. Nein, es gibt nichts Schwächeres, nichts Blinderes als einen stark verliebten starken Mann.

Natürlich blieb ich dabei: «Du bekommst keine Antwort, bevor ich mit Lore gesprochen habe.» Damit mußte er sich bescheiden.

Er einmal fort, und ich ließ sie rufen. «Um alles in der Welt», sagte ich ihr, «du liebst nicht ihn, du liebst Werner Klar.» – Ich höre ihre Antwort noch, ich sehe noch ihre spöttische, unendlich kühle Miene.

«Würdest du mich dem geben? Du hast hochfliegende Pläne mit mir, das muß man dir lassen. ‹Frau Doktor Klar›? Nein, ich danke.»

«Du liebst ihn also nicht, und er liebt dich nicht?»

«Ich glaube kaum.»

Sie war damals schon seine Geliebte und sagte: «Ich glaube kaum. Heiraten würde er mich auf keinen Fall; was sollte er mit einer Frau, wie ich bin, anfangen? Er braucht eine hübsche Wirtschafterin, die aufgeht in der Sorge um sein leibliches Wohl und keine Ansprüche an ihn stellt. Also wisse: ich habe mich für Werner Klar interessiert, werde mich immer freuen, ihn kennengelernt zu haben, weiter nichts. Jetzt ist er untergegangen in seinen Studien, und ich heirate Nordhausen, bin ihm gut und will ihn glücklich machen.»

So sprach meine superkluge Tochter. Was hätte ich für ein paar jugendlich-törichte Worte des neunzehnjährigen Kindes gegeben!

Ich habe Nordhausen eine ebenso treue Schilderung ihres Charakters gemacht wie dir, nichts verhehlt, nichts beschönigt. Die Folge davon war, daß er gegen mich zurückhaltend und mißtrauisch wurde und daß seine Liebe zu dem armen, von ihrem eigenen Vater verkannten Kinde durch heißes Mitleid verstärkt wurde.

Sie verlobten sich. Die Schwester Emils und sein Schwager kamen aus Bayern mit ihrer zahlreichen Familie, und die Familie der Familie folgte nach. Alle vergötterten Nordhausen; er war ihre Stütze, ihre Vorsehung. Sie fanden ihn verwandelt, verjüngt durch das Glück und hüllten Lore, die das Wunder vollbracht hatte, in Weihrauchwolken. Sie schmeichelte sich bei jedem ein und verspottete ihn hinterrücks mit ihrer Französin. Maud machte ihr Vorstellungen darüber; da sprach sie: «Ach was! Sie sollen nur um mich herumhüpfen; wenn ich einmal Fürstin Nordhausen bin, wird einer nach dem andern fliegen lernen – zur Tür hinaus.»

Die Brautzeit sollte nur sechs Wochen dauern. Wir waren im Spätsommer, und Emil hing das Herz daran, seine junge Frau noch vor dem Blätterfall in ihr zukünftiges schönes Daheim einzuführen. Er wünschte, daß sie es kennenlerne und sehe, daß sich's dort leben lasse. Sobald der Herbst anrücken würde, wollten sie nach dem Orient reisen.

Mein Schwager und Nordhausen betrieben eifrig alle geschäftlichen Angelegenheiten, Maud und die Schwester Emils hatten vollauf mit Anordnungen im Hause zu tun. Ethel und mir blieb die Sorge für die Unterhaltung unsrer Gäste überlassen. ich bin dieser hausherrlichen Verpflichtung schlecht genug nachgekommen. Das lustige Treiben der jungen, die Gespräche der alten Leute waren mir gleichgültig und lästig. Es gab nur eine wichtige Sache für mich: meine Tochter beobachten und – eine unbestimmte, aber namenlose Angst trieb mich dazu – sie überwachen.

Ich muß mich hüten zu überlesen, was ich da geschrieben habe, sonst vergeht mir der Mut, fortzufahren.

Vor zwei Tagen legte ich die Feder weg; heute will ich sie zum ersten Mal wieder aufnehmen. Du wirst vielleicht nicht weniger Mühe haben zu lesen, als ich Mühe habe zu schreiben. Verliere trotzdem nicht die Geduld; ergänze die Lücken in meiner Erzählung, entschuldige die Wiederholungen, berichtige die Widersprüche, suche dich zurechtzufinden, wenn ich verworren werde.

Lore schien nicht nur glücklich, sie war's. Ihr Wille geschah, es ging alles nach ihrem Kopfe. Sich vor den Augen der Welt im Glanze des Ranges und des Reichtums zeigen, jeden Vorteil in Anspruch nehmen, den sie bieten können, und im geheimen die verbotene Frucht genießen und dabei der Narren und Toren spotten, die einen ehren und bewundern, ist genug für den Anfang.

Wie sie Werner Klar dazugebracht haben mag, sich da, wo er Herr sein konnte, zu der Rolle des Günstlings zu erniedrigen? Oder war's, wie sie sagte, *wollte* er sie nicht zur Frau nehmen? Er ist wohl zu stolz, um eine Braut aus der sogenannten Gesellschaft heimzuführen, aber nicht zu stolz, um sich zum gemeinen Diebe zu machen und das Eigentum eines andern zu stehlen...

Werner Klar zeigte sich wieder in unsrem Kreise und wieder bereit, sich von den Frauen anschmachten zu lassen, was sie redlich besorgten. Glänzend, geistsprühend, voll sonniger Heiterkeit, mit einem Worte, der selbe in den Augen aller, nur nicht in denen Ethels und den meinen. «Menschen wie der und Lore sind nie ganz zu durchschauen», sagte meine Schwägerin. Sie meinte, Lore hätte die Wahl gehabt zwischen Nordhausen und ihm, und war nun überzeugt, daß er das Äußerste tat, um zu verbergen, wie schwer die erlittene Zurücksetzung ihn traf. Ihm kann ein Weib nicht weh tun und überhaupt niemand, er ist der unverwundbare Herrgott, er steht zu hoch, als daß eine Kränkung ihn erreichen könnte. «Das trägt er zur Schau», meinte Ethel; «was in ihm vorgeht, werden wir nie erfahren.»

Sie behielt recht; Werner Klar gehörte zu denen, die nach der Verlobung am wärmsten und herzlichsten Glück wünschten.

Kurz vor dem Vermählungstage kam noch ein moralisch bis an die Zähne Gerüsteter: Rupert. Er wollte seine ehemalige Spielgefährtin zum letzten Mal im Vaterhause begrüßen und sich vorstellen als gereiften, von einer Jugendtorheit geheilten Mann. Im überfüllten Schlosse konnte er nicht aufgenommen werden und war bei seinem Freunde, dem Oberförster, abgestiegen für einen Tag, hieß es.

Er brachte seine Gratulation in guter, natürlicher Haltung vor und empfahl sich.

Das war am Montag. Samstag sollte die Trauung stattfinden. Zwei Tage vorher hatte Emil noch eine Besprechung mit dem Notar und fuhr nach Tische in die zwei Stunden weit entfernte Stadt. Wir alle begleiteten ihn zu seinem Wagen. Er küßte zärtlich die Hände seiner Braut und sagte: «Auf morgen», und als er schon auf dem Kutscherbocke saß und die Zügel in die Hand nahm, kam sie noch heran und reichte ihm eine schöne Rosenknospe. Glückverklärt steckte er sie ins Knopfloch und fuhr davon. Seine Schwester nahm Lore in ihre Arme und küßte und herzte sie.

Ethel und alle anderen gingen zu den Spielplätzen im Garten. Ich begab mich auf mein Zimmer. Ich dachte: vielleicht sucht Lore mich auf. Es bleiben ihr nur wenige Stunden zur freien Verfügung; vielleicht will sie eine davon bei mir zubringen vor der langen Trennung, die uns bevorsteht. Ich wartete und wartete – sie kam nicht. So gab ich denn Befehl, mein Pferd zu satteln. Ein tüchtiger Ritt in solcher Stimmung, wie die meine war, hat sein Gutes.

Dann ging ich aber doch, sie auf ihrem Zimmer zu suchen. Es war leer. Nun stieg ich die Treppe hinunter und ging zu Johanna. Die wußte Bescheid. «Vor einer kleinen Weile ist sie dagewesen und jetzt mit Creschi» – das war ihr Stubenmädchen – «zum Heger gegangen, Abschied nehmen von ihren kleinen Hunden.»

Für diese kleinen Hunde hat sie merkwürdig viel Interesse gehabt, So viel, daß mich's mißtrauisch machte und daß ich ihr schon mehrmals zum Heger nachgegangen war. Sie erriet meinen unausgesprochenen Verdacht und war auf ihrer Hut und war unendlich viel schlauer als ich.

Mein Befehl war mißverstanden worden; statt des Jagdpferdes führten sie mir ein Pony vor, und zugleich kam mein Jäger mit dem Stutzen und der Jagdtasche. Ich hatte nicht beabsichtigt, «auf den Bock» zu reiten, aber gut. Ich tue, was ich in letzter Zeit oft getan habe, passe den Gesellen ab, nehme ihn aufs Korn, wir sehen einander an, und ich denke: Geh deiner Wege, genieß noch eine Weile dein bißchen Leben. Ich ritt dem Walde zu und hatte ihn kaum erreicht, als mir Creschi entgegenstürzte mit zerrissenen Kleidern, zerzausten Haaren, ganz außer sich, «Ach, Herr, Sie, Sie, Gott sei Dank, Sie! Er hat mich gewürgt; ich hab ihm sagen müssen, wohin sie geht. Ins Waldhaus, Herr, vom Heger aus, durch den Buchenwald. Und er, ich bin's gewiß, Herr, versteckt sich bei den Erlen; jagen Sie zu den Erlen, Herr, Sie kommen noch zurecht, retten Sie...»

«Wer hat Sie gewürgt? Wer versteckt sich?»

«Rupert – der sie erschießen will...»

Sie sprudelte alles heraus. Lore war Werner Klars Geliebte, und Creschi – im Hause erzogen, bisher immer brav und treu – war ihre Helfershelferin. Wo Lores Einfluß waltete, da entsprang ein Quell des Bösen. Die Zusammenkünfte hatten stattgefunden da und dort, und Rupert mußte dahintergekommen sein. Er hatte die Gegend nicht verlassen, verbarg sich beim Förster, lauerte ihr auf. Gestern war er ihr in den Weg getreten und hatte sie bedroht. Vor dem Bräutigam streiche er die Segel, vor dem Geliebten nicht. Sie beschwichtigte ihn, sie verstand das, und er versprach zu schweigen unter einer Bedingung. Da lachte sie ihm ins Gesicht. Creschi fürchtete Rupert und hatte Lore beschworen, nicht zur Waldhütte zu gehen, aber die Antwort erhalten: «Weißt du nicht, daß ich den Rupert in der Tasche habe? In einer Stunde bin ich zu Hause. Geh voraus! Wenn sie nach mir fragen, sag nur, daß ich dir langsam nachkomme.»

Das Mädchen ließ die Zügel meines Pferdes los, die sie gefaßt hatte. «Herrgott, jetzt will ich ihr entgegen, sie zu warnen, und, gottlob! treffe Sie, Herr. Reiten Sie zu den Erlen, Sie kommen noch zurecht.» Sie wandte sich und rannte in den Wald, dem Hegerhause zu.

Du mußt wissen, die Laubhütte steht auf einer Anhöhe unter dichten Bäumen. Bei den Erlen trennt sich ein schmaler Pfad, der zu ihr hinauf führt, vom ebenen Waldwege. Wenn Lore aus dem Hegerhause kommt, schneidet sie die Ecke ab, geht schräg unter Buchen, die ziemlich schütter stehen, auf die Erlen zu, dem Mörder gerade in den Schuß. Creschi hat sich das alles ganz richtig ausgedacht; einen besseren Stand auf das Wild, dem er auflauert, konnte der Mörder nicht finden. Ich habe nichts im Kopfe als: vorwärts! Der Waldboden ist weich und elastisch, der Hufschlag meines kleinen Gauls unhörbar. In der Nähe der Erlen steigst du vom Pferde, denke ich, schleichst ihn an und springst ihm an den Hals.

Nur zu, nur zu! Und da seh ich schon die Erlen ihre zarten Wipfel im Winde wiegen.

Du mußt mir alles glauben, was ich sterbender Mann dir sage, so unwahrscheinlich es auch herauskommt, weil ich zur Mitteilung der Gedanken, die ich in einer Sekunde gedacht habe, eine Minute brauche. Wie ich die Erlen erblicke, besinne ich mich, daß Lore als kleines Kind dort immer Verstecken gespielt hat. «Wo ist sie hingekommen?» – «Fort auf Nimmerwiedersehen», mußte man fragen und antworten, bis ein köstlich nachgeahmter Wachtelschlag sich im Busche hören ließ. Nun galt's staunen: «Eine zahme Wachtel! Sie hört uns und fliegt nicht davon.» – Da trat sie hervor und weidete sich an unserer Überraschung; ihre Augen leuchteten – leuchteten mir Seligkeit ins Herz. Sie war so unsagbar lieblich und so entzückend dumm.

Nein, es ist unmöglich: den Mann, der ihr seine Ehre, sein Lebensglück anvertraut, im voraus betrügen kann sie nicht. Sie ist das Kind ihrer Mutter, aber auch das meine. Hat sie nicht gesagt: «Ich bin ihm gut und will ihn glücklich machen?»... Wie sie ihm eben erst die Rosenknospe in den Wagen hinauf gereicht hat und zu sagen schien: das bin ich und bringe mich dir dar...

Nein, nein, nein! es ist unmöglich. Die Todesangst, die mich quält, ist krankhaft, die Begegnung mit Creschi ein Traum; ich bin im Fieber, Wahnvorstellungen narren mich. Ich stieg ab, band das Pferd an einen Baum, schlich vorwärts und horchte in die regungslose Stille hinein. Ein dürres Blatt fällt von einem Ast zur Erde, ich wende den Kopf und – meine Haare sträuben sich. Nicht viele Menschen haben empfunden, was ich in diesem Augenblick, sonst müßte es mehr Verrückte geben.

Unter den Buchen kommt eine schlanke Gestalt leichten, raschen Ganges einher. Ihr mattweißes Kleid, die weißlich grauen Stämme sind kaum voneinander zu unterscheiden. Ich aber habe Jägeraugen, ich meine auf dem Gesicht der Nahenden helle Freude schimmern zu sehen... Einmal wieder betrüg ich euch alle. Was ihren Schritt beflügelt, ist ein sieghaftes Glücksgefühl.

Ich wollte aufschreien: «Zurück!», aber das Wort starb mir im Munde. Alle Pein der Vergangenheit und Gegenwart, alle Schauder vor der Zukunft ballten sich in eine Anklage zusammen. Sie lebt zum Unheil eines jeden, der ihr naht, ist das Schädliche; fort mit dem Schädlichen aus der Welt. Das Schicksal walte! Laß es geschehn!

Das ging wie ein Blitz durch meinen Kopf. Im nächsten Augenblick aber stürze ich vor, sie mit meinem Leibe zu decken. Ein Schuß fällt. Kommt nicht von den Erlen her, streift mich. Ich juble: «Gefehlt!» und bin bei ihr.

Sie liegt auf dem grünen Waldesgrund. Ein Blick genügt. Den Schatten, der sich über ihr Angesicht breitet, den wirft der Tod. Mein armes, vielgeliebtes, mein verlorenes Kind!

Ich knie nieder, ich bette ihren Kopf an meinem Herzen. «Einen Gedanken an den Allbarmherzigen, Lore – einen Gedanken der Reue! – du stirbst.»

«Ich sterbe?» Ein furchtbares Entsetzen malte sich in ihren Zügen. Ihre Lippen verzogen sich wie die eines Kindes, das in Weinen ausbrechen wird. Sie sah meine Verzweiflung, hörte mein Beschwören und bezwang sich noch und blieb sich treu bis zuletzt! Ihr Blick richtete sich mit unerbittlichem Trotze auf mich, und sie flüsterte: «Ich sterbe – auch gut.»

Eine seltsame Fügung. An ihrem Todestage hat Lore nur eine Gedankensünde begangen. Werner Klar war zu dem Stelldichein, das ihr das Leben kostete, nicht gekommen. Einige Wochen später fand Maud, in der Laubhütte versteckt, einen Brief von ihm.

«Lore, ich komme nicht. Ich liebe dich mehr, als wir beide ahnten; wenn ich dich heute in meine Arme nehme, gebe ich dich lebend nicht mehr frei. Du warst schon mehr als einmal, wenn du dich von mir losrissest, dem Tode sehr nahe. Leb wohl; ich sage nicht: Auf

Wiedersehen, denn ich will nicht teilen, ich will aufhören, dich zu lieben. Leb wohl, Lore. Du hast mich glücklicher gemacht, als ich glaubte durch ein Weib werden zu können.»

Das Gehirn könnt man sich zuschanden denken und fände keine Antwort auf die Frage: Wie war's möglich, daß ich gezögert habe, ihr zu Hilfe zu eilen?

Lieber Freund, ich will dir ein Geheimnis anvertrauen: Es braucht nicht alles möglich zu sein, was geschieht. Kein Logiker wird das gelten lassen, und es ist doch so.

Eine Erklärung dafür, wie ich zögern *konnte,* werde ich nie finden. Die Erinnerung hätte mir nicht kommen dürfen. Die Erinnerung an die holde Kinderzeit Lores, der plötzliche Anblick dieses Geschöpfes auf dem Wege zum schändlichsten Verrat... Das war's. Und es war gut, sollte mich *nicht* reuen. Wir sind der Schmach entgangen, die sie über sich und uns gebracht hätte. Die wenigen Wissenden schweigen, die übrigen erzählen einander die traurige Geschichte von ihrem Jugendgespielen, dem armen Rupert, der im Irrenhause starb. Er hatte den Verstand verloren aus Liebe zu der Unerreichbaren und sie am Vorabend ihrer Vermählung erschossen.

Nordhausen betrauerte sie lange, nahm dann eine schöne, brave Frau und lebte glücklich. Welche Zukunft hätte ihn an Lores Seite erwartet? Und ihre Kinder – wieviel Unheil hätten die über die Welt bringen können? – können... Da stehen wir wieder vor einem Fragezeichen. Vielleicht auch Heil. Unzählige Beispiele im Leben und in der Geschichte beweisen... aber freilich – was sind Beweise?...

*

Die Erzählung bricht hier ab. Was folgt, ist ein mit verzweiflungsvoller Leidenschaft geführtes Plaidoyer für die Todesstrafe. Es ruft auf zum Vernichtungskampf gegen das Böse; und der feurige Haß, der aus ihm flammt, hat etwas Hinreißendes.

In diesem Haß hat der Mann Rettung vor dem Zweifel gesucht, der ihn mit wachsender Qual bedrängt haben mag, während er seine traurige Geschichte niederschrieb.

Als sein Freund sie gelesen hatte, eilte er zu ihm, fand ihn aber nicht mehr am Leben.

Über tredition

Eigenes Buch veröffentlichen

tredition wurde 2006 in Hamburg gegründet und hat seither mehrere tausend Buchtitel veröffentlicht. Autoren veröffentlichen in wenigen leichten Schritten gedruckte Bücher, e-Books und audio-Books. tredition hat das Ziel, die beste und fairste Veröffentlichungsmöglichkeit für Autoren zu bieten.

tredition wurde mit der Erkenntnis gegründet, dass nur etwa jedes 200. bei Verlagen eingereichte Manuskript veröffentlicht wird. Dabei hat jedes Buch seinen Markt, also seine Leser. tredition sorgt dafür, dass für jedes Buch die Leserschaft auch erreicht wird.

Im einzigartigen Literatur-Netzwerk von tredition bieten zahlreiche Literatur-Partner (das sind Lektoren, Übersetzer, Hörbuchsprecher und Illustratoren) ihre Dienstleistung an, um Manuskripte zu verbessern oder die Vielfalt zu erhöhen. Autoren vereinbaren direkt mit den Literatur-Partnern die Konditionen ihrer Zusammenarbeit und partizipieren gemeinsam am Erfolg des Buches.

Das gesamte Verlagsprogramm von tredition ist bei allen stationären Buchhandlungen und Online-Buchhändlern wie z. B. Amazon erhältlich. e-Books stehen bei den führenden Online-Portalen (z. B. iBookstore von Apple oder Kindle von Amazon) zum Verkauf.

Einfach leicht ein Buch veröffentlichen: **www.tredition.de**

Eigene Buchreihe oder eigenen Verlag gründen

Seit 2009 bietet tredition sein Verlagskonzept auch als sogenanntes "White-Label" an. Das bedeutet, dass andere Unternehmen, Institutionen und Personen risikofrei und unkompliziert selbst zum Herausgeber von Büchern und Buchreihen unter eigener Marke werden können. tredition übernimmt dabei das komplette Herstellungs- und Distributionsrisiko.

Zahlreiche Zeitschriften-, Zeitungs- und Buchverlage, Universitäten, Forschungseinrichtungen u.v.m. nutzen diese Dienstleistung von tredition, um unter eigener Marke ohne Risiko Bücher zu verlegen.

Alle Informationen im Internet: **www.tredition.de/fuer-verlage**

tredition wurde mit mehreren Innovationspreisen ausgezeichnet, u. a. mit dem Webfuture Award und dem Innovationspreis der Buch Digitale.

tredition ist Mitglied im Börsenverein des Deutschen Buchhandels.

Dieses Werk elektronisch lesen

Dieses Werk ist Teil der Gutenberg-DE Edition DVD. Diese enthält das komplette Archiv des Projekt Gutenberg-DE. Die DVD ist im Internet erhältlich auf **http://gutenbergshop.abc.de**

Zeitfracht Medien GmbH
Ferdinand-Jühlke-Straße 7
99095 Erfurt, Deutschland
produktsicherheit@kolibri360.de